闲人再思录

Second Thoughts of an Idle Fellow

〔英〕J.K. 杰罗姆 著
秦传安 译

人民文学出版社
PEOPLE'S LITERATURE PUBLISHING HOUSE

Jerome K. Jerome

Second Thoughts of an Idle Fellow

图书在版编目(CIP)数据

闲人再思录/(英)J.K.杰罗姆著;秦传安译.
—北京:人民文学出版社,2016
(幽默书房)
ISBN 978-7-02-011972-1

Ⅰ.①闲… Ⅱ.①J… ②秦… Ⅲ.①散文集-英国-现代 Ⅳ.①I561.65

中国版本图书馆CIP数据核字(2016)第197152号

责任编辑:朱卫净　邱小群
封面绘图:杨　猛
封面设计:高静芳

出版发行　人民文学出版社
社　　址　北京市朝内大街166号
邮政编码　100705
网　　址　http://www.rw-cn.com
印　　制　上海利丰雅高印刷有限公司
经　　销　全国新华书店等
字　　数　137千字
开　　本　889毫米×1194毫米　1/32
印　　张　7
版　　次　2016年11月北京第1版
印　　次　2016年11月第1次印刷
书　　号　978-7-02-011972-1
定　　价　38.00元

如有印装质量问题,请与本社图书销售中心调换。电话:01065233595

目　录

拿定主意

“好吧，你建议选哪块，亲爱的？你瞧，要是配红色，我那顶品红色的帽子就没法戴了。”

“嗯，那干吗不选灰色呢？”

“是啊，是啊，我想灰色更合适一些吧。”

“料子倒是不错。”

“是啊，这是一种很漂亮的灰色。你懂我的意思，亲爱的；不是平常的灰。当然，灰色向来就是一种安全的颜色。”

“它很安静。”

“不过话说回来，我觉得红色看上去很温暖。即使当你并不暖和的时候，红色也让你觉得暖和。你懂我的意思，亲爱的。”

“嗯，那为啥不选红色呢？它很适合你——红色。”

“哦，你真的这么想吗？”

“嗯，要是你已经有了一点其他色彩的话，我的意思是，当然啦。”

“是啊，这是红色的缺点。不，我想，总的来说，灰色更稳妥些。”

“那你要灰的了，夫人。”

“是的，我想最好是选灰的，你不这么认为吗，亲爱的？”

“我自己非常喜欢灰色。”

“这料子穿着很不错。我要用它配——噢！你还没剪吧？”

“我正要剪呢，夫人。”

“那就好，先别剪。我再看看那红色的。你瞧，亲爱的，我刚刚想到——栗鼠毛皮衬着红色很好看。”

“确实如此，亲爱的。”

“你瞧，我已经有了一件栗鼠毛皮。”

“那就买红的吧。干吗不呢？”

“嗯，我正在琢磨我那顶帽子。”

“你难道没有别的衣服配那顶帽子吗？”

“压根儿没有呀，而且它配灰色确实很漂亮。——是啊，我想我还是选灰色吧。它始终是一种更安全的颜色——灰色。”

“我想你说过要十四码，夫人？”

“是的，十四码就足够了；因为我要给它配上——等一等。你瞧，亲爱的，要是我选了灰色，我的黑色短上衣就没啥可配的了。”

“它跟灰色不搭配吗？”

“不是很好——没有配红色那么好。”

“那我就剪红色的啦。很明显你自己也喜欢红色。”

“不，就个人而言，我更喜欢灰色。但你得方方面面都考虑到，而且——天哪！那钟肯定不准吧？”

“是的，夫人，它慢了十分钟。我们总是让时钟稍稍慢一点。”

“我们十二点一刻要赶到杰纳威夫人的商店。买东西多耗时间啊！怎么回事，我们啥时候出来的？”

“十一点左右吧，不是么？”

“十点半。我这会儿想起来了；因为，你知道，我们说好九点半出来。我们已经用了两个小时！”

“我们好像没办多少事，对吧？”

“压根儿就没办一件事，我原本打算要办好多事呢。我得去杰纳威夫人的商店了。我的钱包在你那儿吗，亲爱的？噢，没事儿，它在我这儿。”

“嗯，你到现在还没决定选灰色还是红色呢。”

“这会儿我真的不知道自己想要什么。刚才我已经打定主意来着，眼下又完全没了主意——哦，是的，我记起来了，红色。是的，我要红色。不，我不是说红色，我是说灰色。”

“你刚才说的是红色，你还记得吗，亲爱的？”

“哦，确实如此；你是对的。买东西最糟糕的地方就在这里。你知不知道，有时候我完全被搞糊涂了。”

“那你决定选红色了，夫人？”

“是啊，是啊，这样再好不过了，对吧，亲爱的？你是怎么想的？你没有其他色调的红色吗？这种色调的红太难看了。”

店员提醒她，她已经看过所有色调的红色，这就是她所选中并喜欢的色调。

“哦，那好吧，”她答道，那神情，仿佛万念俱灰似的。“那么，我想，我只能选这个了。我不能再在这个问题上左右为难了。我已经浪费了半个上午。”

来到店外，她想起了反对选择那块红色料子的三个无可辩驳的理由，以及为什么应当选择灰色料子的四个不可否认的论据。她很想知道，如果她回去找商店巡视员理论，他们会不会给她换？她的朋友急着去吃饭，认为他们不会换。

“这就是我痛恨购物的原因，”她说，“你根本没有时间认真地思考。”

她说她再也不去那家商店了。

我们笑她，但我们又好到哪里去呢？来吧，我高高在上的男性朋友，你难道不曾站在衣橱面前，大费踌躇，琢磨着究竟该穿哪身行头，才会在她眼里留下更深刻的印象，是那套完美地展示你宽阔肩膀的粗花呢西服，还是那件正统的黑色长礼服，毕竟，对于一个接近——比方说吧——二十九岁的男人的身材来说，长礼服多半更合适一些；或者，再好一点，为什么不来套骑马装呢？我们难道没听她说，琼斯穿着长筒马靴和马裤看上去多棒，而且，“真见鬼”，我们的腿比琼斯的更好看。可惜，如今的马裤做得松松垮垮。为什么男性时装越来越倾向于把男人的大腿藏起来？当女人越来越不羞于展示她们的大腿时，我们却变得越来越不愿意暴露我们的大腿。为什么我们祖先的长筒丝袜、紧身马裤和干净利落的齐膝短裤今天就派不上用场了呢？究竟是我们变得更加谦逊，还是因为世风日下，使得遮遮掩掩更加明智？

就我自己而言，我实在搞不懂，女人凭什么爱我们。吸引她们的，必定是我们真正的价值，是我们纯正的优秀品质——肯定不是我们的外表，穿着粗花呢“套装”，黑色的安哥拉山羊毛衣和背心，竖起的衣领，以及烟囱管礼帽！不，必定是我们的品格力量让她们一见倾心。

有一次，我在一场化装舞会上以角色的身份出现，突然想到，我们的祖先想必有过一段美好的时光。我当时扮演的角色是什么，记忆中早已杳然，而且我也不是特别在乎。我只记得，那应该是一个军人的角色。我还记得，就胸部及其周围而言，装束对我来说小了两个尺码，而帽子则大了三个尺码。我给帽子塞了些衬里，一天当中只吃一块肉排，喝半杯苏打水。小时候我得过数学奖，圣经史也得过奖——不是经常，但总归是得过吧。一位文学批评家（现在死掉了）曾经赞扬过我的一本书。我知道有过很多次，我的行为赢得了一些善良人士的赞许；但回首平生，我对自己感到最骄傲、最满意的时候，莫过于那天晚上，当时，我扣紧了最后一个扣子，凝视着穿衣镜中的自己，真人一般大小。我是梦想中那个完美的人。这话本不该我说；但说这话的不止我一个。我就是一个光彩夺目的梦中人。底子是红色的，凡是可以装饰金穗的地方都镶嵌着金穗；而那些没有空间镶嵌金穗的地方，则挂满了金色的绳索、流苏和饰带。金质的纽扣和搭钩把我拴得结结实实的，金质刺绣肩带和腰带从我身上穿过，白色的马鬃羽饰在我的头顶飘拂。我不敢保证每一样东西都适得其所，但不管怎么说，我想方设法让每一样东西都派上了用场，看上去很不错。它很适合我。我的成功让我更清楚地认识到了女人的本性。此前一直冷漠而疏远我的姑娘们，如今都围拢在我的身边，羞答答地渴望关注。我的颔首微笑，便让她们神魂颠倒，拿腔作势。那些没有被引荐给我的女孩都怒气哼哼，对那些被介绍给我的女孩言行粗鲁。有一个可怜的孩子，我和他的女伴一起在舞池外面坐了两支舞曲（至少是她坐着，而我则优雅地站在她的身旁——为我制作服饰的人建议我不要坐下），我为这孩子感到难过。他是一个可敬的年轻人，父亲是个棉花经纪人，我敢肯定，他原本会成为她的如意郎君。但他竟然傻到来这里充当一个啤酒瓶。

或许，说到底，这些古老的时装还是淘汰为好。这身行头要是穿上一个礼拜，很可能会损害我天性中的谦卑。

你可能很惊讶，在我们这个灰暗的时代，化装舞会为什么不更加流行。“乔装打扮”和“改头换面”这种孩子气的本能，我们所有人身上都有。我们总是越来越厌烦自己。在我曾经参加的一次茶叙上，众人的讨论陷入了这样一个话题：在某个时间点上，我们当中有没有人愿意换成别人，穷光蛋换成百万富翁，家庭女教师换成公主——不仅换外部的条件和环境，而且还要换健康状况和性情气质，换心，换脑，换灵魂，以至于除了记忆之外，你最初的自我没有一丝一毫精神上和身体上的特质保留下来。普遍的意见是：我们不愿换，只有一位女士持肯定的观点。

“哦，不，你不会真的愿意，亲爱的，”一位朋友说，“你只是以为你愿意。”

“不，我真的愿意，”前面那位女士坚持道，“我烦透了自己。我愿意成为你，哪怕是为了换换口味。”

年轻时，对我来说最重要的问题是：我决心成为哪种人？十九岁时你问自己这个问题；三十九岁时我们说：“真希望命运之神不曾让我成为这样一种人。”

那些日子里，我阅读了大量写给年轻人的善意忠告，我断定，不管我今后将成为兰斯洛特爵士、图菲尔斯德罗克先生，还是成为埃古，那都是我自己的个人选择。不管我是欢乐地还是严肃地度过一生，那都是我从正反两个方面仔细考量过的问题。为了寻找榜样，我转向了书本。拜伦那时候依旧流行，我们当中很多人决心要做一个悲伤而忧郁的年轻人，悲观厌世，自言自语。我决定加入他们的行列。

个月的时间里，我很少露出笑容，或者，即便笑的时候，那也是一种疲倦而苦涩的笑，掩藏着一颗破碎的心——至少本意是这样。头脑浅薄的旁观者误会了。

“我完全知道那是怎样的感觉，”他们会说，满怀同情地看着我，“我自己经常有这样的感觉。我想，那是由于天气的突然改变。”而且，他们会强迫我喝不掺水的白兰地，并建议我吃点生姜。

而且，对于一个忙着把自己的隐秘伤痛埋藏于沉默的山丘之下的年轻人来说，令人痛苦的是，竟然有个庸常之辈拍拍你的后背，问道：“嗨，今天早上的‘忧郁’怎么样啦？”以及听到自己崇高的忧郁情绪被那些原本应当更懂的人称作“生闷气”。

要想扮演拜伦式的年轻绅士，还有一些实际的困难。你必须非常坏——或者更准确地说，必须“曾经”非常坏；只不过，唉！在粗鄙无文的生活语法中，将来时居于首位，过去时并非由不定式构成，而是由现在时陈述式构成，“曾经是”就是“是”；靠那点寒酸的收入，要想坏是不可能的。哪怕是勾引最单纯的少女，也得花钱不是。在爱情的法庭上，不可能有免费的贫民诉讼；拜伦的招式也派不上什么用场。

“把回忆淹没在杯中”，听上去倒是不赖，但话说回来，那杯中之物要想恰到好处，还得是某个价格不菲的响亮牌子。痛饮托考伊白葡萄酒或阿斯蒂葡萄汽酒，倒是颇有些诗意豪情；可是，倘若你囊中羞涩、钱袋干瘪，要想杯中之物深到足以淹没点什么东西的话，也就只好喝那种四加仑半一桶、每桶五先令九便士的淡啤酒，或者类似价格的玩意儿，当然，罪孽也就变得寡淡无味了。

很可能——让我想想——我内心的确信或许是：恶行，即便是风雅的恶行，也只是一件丑陋而肮脏的东西，光天化日之下令人憎恶，尽管——正如破衣烂衫和污垢之于艺术——它兴许给文学提供了生动的素材，但对于把它披在身上的人来说，它终归是一件散发着邪恶气味的衣服，由于缺乏意志，一个好人可能屈尊披上这件衣服，但你必须竭尽全力避免它，随着精神活力的恢复而抛弃它。

话虽这么说，但我对于把自己训练成为一个忧郁少年越来越厌倦；怀疑之中，我碰巧读到了一本书，主人公是个快活无忧的翩翩少年，属于汤姆和杰瑞那一伙。打斗的场合少不了他，斗鸡也好，斗人也罢；跟女演员们打情骂俏，扳掉人家的门环，熄灭街上的路灯，跟一个无人理睬的守夜人大肆开玩笑。尽管劣迹斑斑，他还是深受书中女人的喜爱。我怎么就不能跟女演员们打情骂俏、熄灭街上的路灯、对警察玩恶作剧并被人喜爱呢？自书中主人公的那个时代以来，伦敦的生活早已物是人非，但很多东西还是保留了下来，女人的心永恒不变。就算职业拳击已不复存在，至少还有白教堂区附近肮脏后厅里的所谓拳击比赛吧。就算斗鸡早已过时，泰晤士河畔不是还有一些潮湿的地下室吗？在那里，一个绅士花上两个便士，便可以在杂种猎犬捕杀老鼠的游戏中一赌输赢，体验到一个真正赌徒的感觉。诚然，始终环绕着主人公的那种不计后果的欢乐氛围，我本人并没有从这些场景中感受到，倒是发现了另外一种氛围，让人联想到杜松子酒，发霉的烟草，以及对警察的提心吊胆。但一些本质的东西想必是一样的，第二天早晨，我可以用书中主人公的原话大声喊道："押蟋蟀赢，但我觉得魔鬼就在我的脑袋里。狗娘养的把我当傻瓜了！"

但在这方面，我那要命的囊中羞涩照样跟我作对。（说到收入对品格的这种影响，倒是给哲学家的头脑提供了不少素材）如果碰巧你是在场唯一拥有硬领的绅士，而人们预期你能慷慨做东，请大家喝一杯杜松子酒，在这种情况下，就算是罗瑟希德贫民窟里组织的"友好出拳"的五级"拳击比赛"和斗鼠比赛，也会变得昂贵起来。诚然，爬上街灯柱、扑灭煤气灯还是相当便宜的，前提条件是你一直没有被当场逮住，但作为一种娱乐消遣，这种勾当实在缺少变化。再者说，现代伦敦的街灯柱也很不适合这项运动。我很少紧抱过比这玩意儿更难抓牢——更缺少“弹性”——的东西。从攀爬者的角度看，听任街灯柱上积累太多的污垢实在是又一个不利的条件。等到你爬上第三根灯柱的时候，对这种“欢乐”偷窃的厌恶便把你淹没了。你最迫切的愿望，便是痛痛快快地洗个澡，再擦点山菊油什么的。

拿警察开玩笑，在你这边也并非全是乐趣。兴许是我在动手时没有考虑周详。回过头来看，现在我才意识到，对于此类性质的运动，考文特花园和马尔伯勒大街实在是很糟糕的选择。给一个胖警察戴上头罩是一个相当不错的玩笑。在他跟自己的头盔奋力拼搏的同时，你可以向他提几个滑稽好笑的问题，等到他好不容易把脑袋挣脱出来，你早已跑得不见踪影。但是，玩这样的游戏，得在特定的街区，那里的警察每十二平方码不能超过三个。要是另外两个警察——他们已经盯你十分钟了——正从旁边的街角注视着眼前的一幕，你就没有多少闲工夫去享受这个场面所带来的乐趣了。等到你跑过整个蒂奇菲尔德大街、两次转过牛津市场的时候，你就会得出这样的看法：一个玩笑绝对不应该拖得太长，以至于变得令人厌烦，眼下到了回家去找朋友们的时候了。另一方面，“治安法”如今把增援的兵力提高到了六七个人，他们刚刚开始享受追捕的乐趣。你一边在汉诺威广场奔跑，一边在脑海中勾画着明天上午法庭上的情景。你将被指控酗酒和妨碍治安。你向治安法官（或者后来向你的亲戚）解释：你只是在效法一个人，此人在书中干过此类勾当，并受到赞赏；但这样的解释毫无意义。你会被判处罚金，通常是四十先令；下一回你去梅菲尔德家拜访，姑娘们不在家，梅菲尔德是位好心肠的夫人，一直把你当儿子看待，她会严肃地跟你谈话，敦促你写下一份保证书。

多亏了你的年轻和体质，你在诺丁山甩掉了警察的追捕；为了避免返回时出现任何令人不快的意外，你绕道康登镇和伊斯灵顿区，走回了布卢姆茨伯里区的家中。

我总算放弃了嬉戏玩闹的癖好，因为我向上帝发了一个誓，那是某个礼拜天的一大早，我正紧紧抱着梭霍区附近一条小街上一幢朴实无华的房子的排水管。我老老实实地对上帝提出："只要让我逃过此劫，"我想我是这样喃喃自语的，"我就再也不'胡闹'了。"上帝同意了这个提议，让我逃过了这一劫。诚然，那是一次大费周章的"逃脱"，涉及一扇被砸碎的天窗，三个煤气灯泡，在一个煤窑里待上两个小时，以及掏出一个金币向一个餐馆侍者租了一件大衣；最后，当我终于在自己的房间里惊魂甫定时，我估量了一下自己——看看身上还剩下点什么——我恐怕只能这样反思：上帝他老人家完全可以把这活儿干得更麻利些。但我并不想逃避履行合约中的条款；我对未来的期许是要过一种简朴的生活。

因此，我想方设法寻找新的榜样，总算找到了一个适合我的。大约在这一时期，那位德语教授作为一个小说主人公而变得流行起来。他长发飘飘，别的方面则邋里邋遢，但他有一颗“铁石般的心”，偶尔是金子般的心。书中的大多数人物在评判他时所依据的都是外表，还有他的谈话——说着荒腔走板的英语，谈话对象主要是他已故的母亲和他的妹妹丽莎——因此认定他是个无趣之人，但话说回来，他们并不了解他的心灵。他最重要的私人财产是一条瘸腿狗，那是他从一伙残忍的暴徒手中抢救出来的；每当他不用荒腔走板的英语高谈阔论时，他便在喂这条狗。

不过，他最擅长的是拦截脱缰失控的马，并因此救了书中女主人公的性命。这样一项特长，再加上荒腔走板的英语和那条狗，使他显得魅力十足。

他看上去似乎属于那种性情平和、温和友善的家伙。我决定试一把，争取成为他那样的人。当然，我不可能做一个德语教授，但我可以蓄起飘飘长发，而且已经蓄起来了，尽管公开场合，很多人建议留短发，提这种建议的主要是小男孩。我费尽周章，想弄到一条瘸腿狗，但没能如愿。七晷区有个独眼商贩，我最后只好求他帮忙，他提出帮我打瘸一条狗，额外加五先令，但这个建议被我拒绝了。一天夜里，我偶然遇到一条相貌奇特的杂种狗。可惜不是瘸腿，但看样子病得不轻，而且我觉得，我并不是在偷窃任何人的什么有价值的东西，于是我把它弄回了家，开始喂养它。想来我必定是过分精心地喂养它了，因为到最后，它变得如此健康，拿它一点办法也没有。它是一条脾气很坏的恶狗，它太老了，没法教会它懂点规矩。它成了街坊邻里的祸害。它心目中的玩乐就是咬死鸡仔，从家禽店偷走兔子。为了消遣，它咬死小猫，围着小孩们的腿脚汪汪乱叫，把他们吓得要命。有几次，我真想亲手把它打瘸，要是我能逮住它的话。养这条狗我一点好处也没得到——无论什么好处。人们非但没有赞赏我把它养活了，反而称我为傻瓜，还说，如果我不淹死那畜生，他们就要自己动手了。它彻底糟蹋了我的好名声——我说的是这一时期的好名声。当你在路当中发现有人朝你的狗扔石头时，恐怕很难装作是一个有着金子般心灵的年轻人；石头是唯一能打中它并影响它的东西。

找不到脱缰的野马对我也是个不小的妨碍。我们这个郊区的马并不属于那种类型。有一次，而且只有一次，出现了这样的机会，让我一试身手。那是个很好的机会，因为那匹马失控得不是很厉害。实际上，我甚至怀疑它是不是知道自己已经脱缰。后来才知道，那是它的一个习惯，如果在“玫瑰与王冠”酒店外面等候赶车人，要是它认为等待的时间已经超过了合理期限的话，它就会自行跑回家去。它从我的身边跑过，速度大约是每小时七英里，缰绳很方便地拖在它的旁边，很适合一个新手初试身手，我已做好准备。然而，就在那千钧一发的关键时刻，几个爱管闲事的警察把我推到一旁，他们自己把这事给办了。

我没什么好后悔的，正如事情的结果所证明的那样。就算救人的话，我恐怕也只能救出一个秃头推销员，此人烂醉如泥，骂骂咧咧，把一些空的衣领盒子掷向围观的人群。

有一次，我透过一间很高的公寓房的窗户，注视着三个人决心要截住一匹脱缰失控的马。每个人都深思熟虑地走到马路中间，摆好架势。窗户太远，我看不清他们的脸，但他们的架势却暗示了视死如归的英雄气概。第一个人在那匹马冲向他时伸开双臂，勇敢面对，直至那匹马距离他大约二十码时，他才退缩。接下来，当那畜生明显决心继续狂奔时，他别无他策，只好再次退到路边，目送着那匹狂奔的马，明显有些悲伤，仿佛在对自己说："噢，好吧，如果你打算一意孤行，那就不关我的事了。"

第二个人，眼看着这场灾难要落到自己头上，没有片刻的犹豫，走进了一条小街，消失得无影无踪。第三个人倒是坚守了阵地，当马从他身边跑过时，他朝它大喊大叫。我听不见他说什么。但我毫不怀疑，那应该是很好的建议，只不过那畜生明显太过兴奋，听都不听。第一个人和第三个人后来碰面了，并很有共鸣地讨论此事。据我的判断，他们应该是在为脱缰野马的顽固不化深表遗憾，并真心希望它不会伤着任何人。

我忘记了这一时期我所扮演的其他人物。其中有一个，我知道给我带来了许许多多的麻烦，他是一个坦率、诚实、热情、直来直去的年轻人，说话从不拐弯抹角。

我只知道有一个人，在直言不讳上取得了真正的成功。我曾听他张开手掌拍着桌子，大声说道：

"你们想让我奉承你们，想让我用一大堆谎言把你们塞饱。

那不是我，那不是吉姆·康普顿。不过，如果你们想听听我诚实的意见，我只能说，这孩子是我所听过的最神奇的钢琴演奏家。我并不是说她是个天才，但我听过李斯特、梅茨勒以及所有一流演奏家的演奏，我更喜欢她。这就是我的看法。恕我直言，要是冒犯了你们的话，我也没办法。”

那孩子的父母会说：“遇到一个敢于说出真实想法的人是多么令人振奋啊！为什么我们不全都坦率直言呢？”

我尝试过的最后一个角色，我认为扮演起来很容易。他是一个深受人们赞赏和喜爱的年轻人，他最大的魅力在于这样一个事实：他始终只做自己。其他人都伪装和表演。他从未做出任何努力试图成为别的什么东西，而只想成为自然而简单的自我。

我想，我也要做自然而简单的自我。但是，问题来了：什么是自然而简单的自我呢？

这是我要解决的首要问题；可我直到今天也没解决。我是什么？我是一个伟大的绅士，勇猛无畏，昂首挺胸，从这个世界走过，瞧不起一切卑琐，容不下一切渺小。我是个卑劣狭隘、谨小慎微的人——是那个勇猛无畏、昂首挺胸的我极其鄙视的人，迂回曲折地爬向一个可怜的目标，在强者面前畏畏缩缩，对一切痛苦胆战心惊。我——还是打住吧，亲爱的读者，我不想用我所能提供的细枝末节，折磨你脆弱敏感的耳朵，让你看到这个令人鄙视的家伙究竟多么卑劣，我碰巧就是这样一个倒霉蛋。你也不会理解我。你只会感到吃惊，发现这样一个声名狼藉的人类标本竟然会存在于我们这个时代。我亲爱的先生太太们，你们最好是对这样的恶人一无所知。别让我用这样的知识让你们烦恼了。

我是个哲学家，以同样欢乐嬉戏的心态欢迎雷电和阳光。只不过，时不时地，当世间万物并没有完全按照我的愿望如期降临，当愚蠢而邪恶的人坚持做愚蠢而邪恶的事，从而影响到我的安逸和快乐，我就会怒火中烧，烦躁不安。

正如海涅在谈到自己时所说的那样，我也是圣杯骑士，勇于探寻真理，对所有女性都谦恭有礼，对所有男人都尊重恭敬，渴望献出自己的生命，为我们伟大的船长效犬马之劳。

接下来的瞬间，我发现自己置身于敌人的阵营，在黑旗之下战斗。（这想必让对阵双方的将军莫名其妙，他们手下的所有士兵都是来自敌军阵营的逃兵）女人不就是男人的玩物么？难道因为你守身如玉，我就不能寻欢作乐吗？男人不就是饿狗么，为了有限的几块骨头彼此争斗？干掉别人，以免你被别人干掉。所谓真理，不就是未被揭穿的谎言么？

我热爱一切活着的东西。你，我可怜的姐妹，你身背重负，挣扎于孤寂的路途，我要从你疲惫的脸颊上吻干你的泪水，用我的爱照亮你脚下的黑暗。你，我隐忍的兄弟，你气喘吁吁，拖着沉重的脚步，在这条踩踏出来的小路上，一圈接一圈地艰难跋涉，就像一匹半瞎的可怜老马，鞭子是你唯一的激励，食槽里的草料所剩无几。我要跑到你的身旁，从你疼痛的肩膀上分担些许的分量；我们将联辔垂首，并肩前行，而你，请记住，一定要向我讲述许多年前你嬉戏玩耍的原野，讲述你曾经参加并赢得的辉煌赛跑。而你们，面黄肌瘦的顽童，布满污垢的脸上，眼神里透着惊奇，我要把你们抱在怀里，跟你们讲童话故事。我们将漫步走进想象中的芬芳国度，暂时把那悲伤的旧世界留在我们身后，你们将是王子和公主，并懂得爱情。

可是，一个自私而贪婪的人还是经常出现，穿着我的衣服——这个人在烦恼中度过一生，不断谋划着怎么为自己弄到更多的金钱，更多的食物，更多的衣服，更多的享乐；这个人忙于琢磨他自己需要的很多东西，以至于没有工夫去操心别人的需要。他认为自己就是宇宙的中心。听着他牢骚满腹，抱怨连连，你不由得想象，这个世界被争分夺秒地创造出来并做好准备，就是为了让他从中得到享乐。他会推推搡搡，胡踩乱踏，把手伸向他的这些许多欲望；当他够不着、抓不到的时候，便会咒骂天地不公，咒骂人世间的男男女女挡了他的路。不管怎么说，他都不是个好人。正像我所说的那样，我真心希望他不要这样经常出现，穿着我的衣服。他坚持认为他就是我，而我只是一个感情用事的傻瓜，糟蹋了他的天赐良机。有时候，我暂时摆脱了他，但他总会卷土重来；然后摆脱掉我，而我则成了他。这真是莫名其妙。有时候，我倒是真想知道，我究竟是不是我。

事与愿违

很久很久以前，亲爱的读者，当你我还很年轻，当仙女们还居住在玫瑰花蕊中，当月光每夜在天使们的脚下弯曲，这世上生活着一个善良而聪慧的人。或者更准确地说，这世上曾经生活过这样一个人，因为在我说这话的时候，那位可怜的老先生正在弥留之际。时时刻刻都在等待那张可怕的传票，他陷入了沉思，回顾自己从前经历过的漫长岁月。在那个愚蠢而错误的时刻，这一生在他看来是多么丰富啊！不仅让他自己、也让其他人流下了苦涩的泪水。假如他更聪明一些，知道得更多一些，生活的道路该会明亮多少！

“唉！”那个善良的老先生说，“要是我能凭借现在的经验再活一辈子就好了！”

此时，就在他说这些话的时候，一个身影正在向他逼近，他以为那就是他所预期的，于是从床上稍稍抬起身子，虚弱地喊道：“我准备好了。”

可是，一只手轻轻地把他推了回去，一个声音说：“还没到时候；我带来的是生，而不是死。你的愿望将得到满足。你将再活一辈子，过去的见识将与你同在，指引着你。好好利用吧。我会再来的。”

随后，这个好人沉沉睡去，醒来时，他再次成为一个小孩，躺在母亲的怀里。但封存在大脑里的，是他已经活过的那辈子的见识。

他再一次生活、恋爱和劳作。于是第二次，这个年迈而疲惫的男人躺在那里，过去的生活留在他的身后。天使再一次站在他的床边，那声音说：

“好啦，你现在满意了吗？”

“我很满意，”老先生说，“让死神来吧。”

“你是否已经明白？”天使问。

“我想我已经明白，”老人答道，“经验就像是一个走进未知土地的旅人对自己曾经走过道路的记忆。我所拥有的智慧，只能收获愚蠢的奖赏。见识常常阻止我去做对自己有好处的事。我避免了过去犯过的错误，不料却掉进了我所不知道的其他错误中。我经由新的道路，抵达了老的错误。在我逃过悲痛的地方，我也失去了欢乐。在我抓住幸福的地方，我也摘下了苦果。现在让我随着死神去吧，我或许可以跟他学点什么。”

那个时期的天使就是这个样子，送出一份礼物，只会给一个人带来更多的麻烦。或许，我对自己在有点令人震惊的环境下作出判断时的冷静估计过高，但我倾向于认为，假如我生活在那个年代，倘若有神仙或天使来找我，想送给我什么东西——满足我内心的渴望，实现我的雄心壮志，或者任何诸如此类的小玩意儿——我不会给他好脸色。

“收拾起你那袋宝贝花招滚蛋吧，”我将对他说（这话固然有些粗鲁，但我的感觉应该就是这样），“今天我不会从你的袋子里拿任何东西。我不需要任何超自然的帮助，从而让我陷入麻烦。我想要的所有烦恼，这里都能得到，所以你的拜访不是什么好事。带上你那小玩笑去找别的傻瓜吧——我不知道它是什么，但我足以知道我根本不想知道。我不是假道学。我不反对以平常的方式玩玩无害的‘怪题’游戏，有时候我自己也玩上一把。但是，如果每次都是我付账，而赌注则是我尘世的幸福和未来的生活——凭什么，我不玩了。迈达斯①的故事就是一个活生生的实例；你们这些家伙对他玩了一个微妙而下流的花招！假装你们不理解他，肆意歪曲这个可怜老头的话，仿佛你们是老贝利法院②的一帮律师，千方百计让证人犯错。我为你们这帮家伙感到羞耻，我还要明确告诉你们——你们来到这里，用你们的胡说八道愚弄那些毫不猜疑的可怜的凡夫俗子，仿佛我们过去受到的骚扰还不够似的。还有那对可怜的农民老两口的实例，你们答应满足他们的三个愿望，到头来只有一块黑乎乎的布丁。而且就连这块黑布丁，他们也从未得到。我猜，你们觉得这很好玩是吧。那就是你们神仙的幽默！我说，真可怜，你们，你们所有人，对你们的时代没有做过什么好事。正如我前面说过的，带上你们老掉牙的天国笑话，去找别人兜售吧。我读过神仙传说，我也读过神话，我不想要你们的任何赐福。再者说，我也没打算得到它们。我要是想得到赐

① 《希腊神话》中的人物，相传此人贪恋财富，能点物成金，甚至连他的女儿都成了黄金，最后他后悔了。

② 英国伦敦中央刑事法院，俗称老贝利法院。

福，我会容忍我们这里通常习惯的那种赐福。你们知道我说的是什么，就是被伪装起来的那种——对于这样一种福，没有人会认为它们是福，如果不告诉他的话；它们看上去不像是福，感觉得不像是福；事实上，老实说，它们不是福。别人认为对我们来说是福，而我们自己却认为不是福。它们有它们的缺点，但不管怎么说，它们比你们的赐福更好，而且它们去得更快。我不想要你们的赐福，不管什么价钱。如果你们硬要留一件在这里，你们前脚走，我后脚就把它扔出去。”

我确信我应当那样回答，我觉得那是在做好事。总得有人直言不讳，因为跟那种神仙和天使鬼混，没有一个人有片刻的安全。几乎不能让孩子出门。你不可能知道某个自封的滑稽神仙正等着在他们身上玩什么样的荒唐花招。可怜的孩子不会知道，还会认为得到了什么值得拥有的东西。让我惊奇的是，有些这样的天使竟然没有涂油，也没有插羽毛。

我很怀疑，即便是灰姑娘的好运，是不是真的像我们所相信的那样令人满意。离开了没有地毯的厨房和黑乎乎的甲虫，宫殿看上去想必美轮美奂——头一年、或许头两年是这样。还有国王！多么深情，多么殷勤，多么温柔——头一年、或许头两年是这样。再后来呢？你瞧，他是国王，在宫廷里长大成人，那里的氛围对于培养家庭美德没什么帮助；而她——是灰姑娘。而且，这桩婚姻未免仓促了些。哦，是的，她是个善解人意的小姑娘；但是，我们的国王陛下那一刻或许太过冲动。是那双小巧可爱的纤纤玉足，一路跳进了国王的心房。穿在那双仙女的跳舞鞋中！那天夜里，穿梭于雍容华贵的宫廷贵妇中间，多像郁金香丛中的一支百合啊！她如此甜美，如此清新，如此不同于国王所熟悉的其他女人。当她把她战栗的小手放入国王的手中，她看上去多么快乐！在那含羞低垂的睫毛背后，潜藏着怎样的可能性啊！那天夜里，国王坠入了爱河，国王的脚下回旋着音乐，眼里闪烁着光亮。接下来，仿佛是为了进一步激起国王的好奇心，她突然而奇怪地消失不见了，就像她来时一样。她是谁？她来自何方？她身上藏着什么样的秘密？她是否只是一场春梦，一个萦绕心头的幻想，国王再也无法一睹芳容，再也无法拥入怀中。国王的心难道要永远饥渴，被记忆所萦绕——不，老天在上，她真真切切，是一个女人。这儿有她珍贵的跳舞鞋，想必是为了让人亲吻而故意留下的；鞋子的尺码也刚好可以让一个男人把它塞进紧身衣的胸前。还有哪个女人有如此可爱的纤足——不，仙女，天使，都不曾有。搜遍整个王国，一定要找到她，找到她。诸神听到了国王的祈祷，并给了国王这样一个线索。“假如她并不完全像她看上去的样子！假如她的出身配不上国王的高贵门庭！”呸！你这鼠目寸光、耳聋眼瞎的总管大臣！一个能穿得进这种舞鞋的女子，只能是最高贵、最优秀的，而朕只不过是个少年国王，她必定远远高于朕之上，犹如天上的星星远比你那双昏花老眼更加明亮。去，搜遍整个王国，你给我听着，从东倒西，从北到南，一定要找到她，否则就没有你的好日子过。维纳斯作证，就算她是一个猪倌的女儿，她也将成为朕的王后——只要她屈尊接受朕，接受朕的王国。

噢，得了吧，不用说，这当然不是什么明智之举；可国王还年轻，而且国王也是人。可怜的孩子，她所接受的教育，或者毋宁说是她的缺乏教育，她自己也无可奈何。亲爱的小家伙，令人惊奇的是，像她那样被胡乱拉扯大、被人忽视和劳累过度，她竟然没有更加无知。厨房里的生活，与农夫和用人厮混，也无助于培养智慧。谁能责备她的害羞和思维迟钝呢？国王不能，他是一个宽宏大量、心地仁慈的国王。她非常重情。当然，她的家人实在叫人受不了；岳父倒不是坏人，尽管谈起家庭麻烦的话题时啰哩啰唆，而且有点贪杯；岳母和那两个丑陋难看、举止粗俗的姨姐要是出入宫廷的话确实令人讨厌。然而，国王又能怎么办呢？他们如今是国王的亲戚，他们从不忘记让国王知道这一点。好了，好了，国王不得不预计到这些，幸亏事情没有变得更糟。不管怎么说，她不忌妒——谢天谢地。

就这样，那一天终于到来，可怜的灰姑娘在漂亮的宫殿里独自坐了一夜。朝臣们坐着马车回家了。总管大臣躬身退出了。金杖侍卫和内廷侍从上床睡觉了。宫廷侍女们道了晚安，涌出门外，一路上笑声不断，窃窃私语。钟敲响了十二下——一下、两下，楼梯上依然没有响起脚步声。曾几何时，紧接着宫廷侍女们道过晚安之后，脚步声便随即响起，那时候，侍女们没有笑声和低语。

终于，门开了，国王走了进来，发现灰姑娘依然醒着，有些不高兴。“很抱歉，我回来晚了，亲爱的——国事繁冗，脱身乏术。外交政策非常复杂，亲爱的。刚刚才离开会议室。”

国王睡去了，而灰姑娘躺在那里，满心悲伤，泪水湿透了漂亮的御枕，上面绣着王室的纹章，饰有王室字母组合而成的花边。“他为什么娶我？在那间老厨房里我还要快乐些。黑甲虫固然让我有些害怕，但那只可爱的老猫始终在那儿。有时候，母亲和姐姐们不在家，爸爸就会走下厨房的楼梯，轻声叫我上去，我们就会一起度过一个愉快的夜晚，吃着香肠当晚餐。亲爱的老爸，我现在几乎见不到他了。而且，干完活之后，坐在炉火前，梦想着有朝一日将会降临在我身上的神奇之事，多么让人开心啊！我一直想要做个公主，哪怕是在梦里，住在一座宫殿里，可它跟这座宫殿大不相同。噢，我多么痛恨它，这可恶的宫殿，这里的每个人都在嘲笑我——我知道他们在嘲笑我，尽管他们点头哈腰，鞠躬如仪，假装彬彬有礼。我不像他们那样聪明伶俐。我恨他们。我恨那些厚颜无耻的女人，她们老是在这里。这是一座宫殿最糟糕的地方，每个人都可以进来。噢，我恨每一个人，每一样东西。噢，教母啊，教母啊，来把我带走吧。把我带回到我的老厨房里。把我破旧的连衣裙还给我。让我再次以火钳作伴，翩翩起舞，再次快乐起来，并做梦。”

可怜的灰姑娘，要是教母对你的期望不那么高的话，没准更好一些，亲爱的；假如你嫁给了一个善良而诚实的自耕农，没准更好一些，他决不会知道你并不聪明，他会因为你温柔和漂亮而爱你；假如你的王国仅仅是一间农舍，没准更好一些，在那里，你刻苦学到的勤俭持家的知识将会派上用场；在那里，你会闪闪发光，而不是黯然失色；在那里，爸爸会在夜里顺便造访，抽着烟斗，逃离家庭的纷争；在那里，你甚至会成为一个真正的王后。

但话说回来，你知道，亲爱的，那样的话你不会满足。哦，是的，有了现在的经历，如今你知道王后和苦工一样都有自己的烦恼，但要是没有那样的经历呢？独自一人时，你会揽镜自照，顾盼流连；你会端详着自己的纤手玉足，漂亮的脸蛋上飘过一丝阴影。“是的，”你会对自己说，“约翰是一个可爱而亲切的家伙，我很爱他，如此这般吧，可是——”那旧时的梦想，在那间天棚低矮的老厨房里，在即将熄灭的炉火前，你所做过的梦，将会重新浮现心头，到那时，你会像现在一样不满足，只不过方式有所不同。哦，是的，你会这样，灰姑娘，尽管你一脸严肃地摇着你那戴着金冠的头。让我告诉你其中的缘由吧。那是因为你是一个女人，而我们所有人——男女都一样——的宿命就是：永远想得到我们没有的东西，而一旦拥有之后，却发现那并不是我们想要的东西。这就是生活的法则，亲爱的。当你头枕双臂躺在地板上，你是不是认为，那一刻你是唯一一个眼泪湿透炉前地毯的女人？我亲爱的公主，要是你神不知鬼不觉地潜进你所在的城市兜上一圈，透过紧闭的窗帘朝里窥视，你就会想到，整个世界不过是一所巨大的托儿所，里面满是哭闹的孩子，没有什么东西能安慰他们。玩具娃娃被打碎了，它再也不会用甜美的尖叫声来回应我们的按压：“我爱你，吻吻我。”鼓寂静无声地躺在那里，鼓槌在鼓肚子里；我们不再在托儿所里制造出勇敢的喧闹声。茶具盒被我们笨拙地踩在脚下；再也不会有欢乐的聚会围绕着那只三条腿的板凳。锡皮喇叭吹不出我们想要的音符；木质的砖块不断掉落下来；玩具炮爆炸了，灼伤了我们的手指。别在乎，小男孩，小姑娘，我们明天会设法修补这些东西。

毕竟，亲爱的灰姑娘，你生活在一座精美的宫殿里，你有珠宝首饰和华美的衣裳，而且——不，不，别生我的气。你难道没有像梦想爱情一样梦想着这些东西吗？那么来吧，诚实点。那个从余火尚红的炉旁如此殷勤地向你鞠躬致意的英俊潇洒的年轻绅士，始终是一个王子，或者至少是一个非常富有的少年，难道不是这样吗？他决不是一个品德高尚的推销员，或温文尔雅的职员，挣着每周三英镑的薪水，不是吗，灰姑娘？然而，有很多魅力非凡的推销员，有很多讨人喜欢的职员，他们收入有限，但对于只渴望对方的爱情的明智审慎的男人和女人来说，这点收入完全足够了。为什么非得是一位王子呢，灰姑娘？难道宫殿和身穿制服的仆从，马车和骏马，以及珠宝首饰和华美衣裳，真的和你的梦想毫无关系吗？

不，灰姑娘，你是人，这就是一切。艺术家在他习惯的阁楼里瑟瑟发抖，梦想着名声！你以为他就不希望她投入自己充满爱意的怀抱、就像朱庇特投向达娜厄的怀抱吗？你以为他不在盘算着丰盛的晚餐和硕大的雪茄，皮毛外套和钻石领扣吗？她的造访将使他能够买得起这些东西。

就在眼下，有一幅图画非常流行。你可能在城里很多商店橱窗里见过它，灰姑娘。它被称作“爱之梦”，它描绘了一个漂亮的年轻姑娘，正睡在一张非常漂亮、但有点凌乱的床上。确实，为了那位睡觉的姑娘着想，你可能希望，那天夜晚很暖和，房间里没有穿堂风。一条光亮的梯子从天空通到房内，梯子上挤着一群胖乎乎的丘比特，你推我撞，每一个都背负着某种爱的信物。其中两个小淘气鬼把一袋珠宝一股脑地倾倒在地板上，另外四个抬着一件展开的华丽服装（我想更准确的叫法是“精美女装”），领口剪得有点低，但缺少的部分在裙裾上得到了补偿。还有几个丘比特端着女帽盒，隐约可以看到里面时髦的无沿女帽和妩媚迷人的兜帽。有些丘比特在一匹匹绫罗绸缎下摇摇晃晃，显然代表了批发商行。一些代表鞋匠的丘比特捧着小巧精致的女靴。长筒袜、吊袜带以及一些不大好说出口的物品也没有被遗忘。首饰盒，镜子，十二颗纽扣的手套，香水瓶，手帕，发簪，以及最绚丽的遮阳伞，都被爱神堆放在他的信使们的怀抱里。确实是一个实际而时髦的爱神，与时俱进。你会觉得，现代的爱神殿必定属于“天鹅与埃德加”商店那种；爱神本人有点像天国的商店巡视员；而他母亲维纳斯则毫无疑问打理着商店的服装部门。这位现代爱神，完全是一个奥林匹斯山神一般的怀特利；他什么也没忘，因为从图片的后面，我注意到一个丘比特拿着一颗胖胖的心脏，系在一根绳子的尽头。

你，灰姑娘，你可以给那个熟睡的姑娘很好的忠告。你就对她说："从这样的梦中醒来吧。典当行仓库里的东西不会给你带来幸福。如果要做梦，就梦想爱情吧；这是一个明智的梦，即便它终归是个梦而已。但是，有了这些色彩斑斓的珠子，这些纺织品！你——所有时代的继承人——在内心里难道依旧只是像某个比猴子高级不了多少的可怜的野蛮少女，跟她共处那片原始森林？你会不会把你的黄金卖给第一个向你提出这种易货交易的生意人？孩子，这些东西只会让你眼花缭乱几天。你以为伯灵顿拱廊街就是天堂之门吗？"

哦，是的，我，一个写书的人，对那些讨厌坐办公室的冷板凳、梦想着通往名声和财富的文学生涯的年轻人，也可以说同样的话。"小伙子，你以为通过那条路，你就可以比其他人更快地抵达幸福么？你以为，在廉价周刊上对自己作访谈，发表了最初的几篇之后，便会给你带来任何满足么？你以为，那位热情洋溢的女子，读过你的所有大作，惊叹于作者如此才华横溢，在你第十次见到她时，你还会欢迎她吗？你以为，剪报的内容始终是对你的天才的惊叹赞赏，是'今日名流'这个标题下关于你那迷人外表的短篇报道吗？你是否想过贬损的批评，恶意的报道，是否想过时刻担心在那根叫做'大众趣味'的滑竿上下滑几英寸的永恒恐惧？你已被判处终身抱紧这根滑竿，就像某个被判处从事单调劳动的轻罪犯，唯一的希望就是不要掉下去。跟爱你的女人成个家吧，小伙子；让一两个朋友聚集在你身边；工作，思考，玩乐，那会带给你幸福。远离这个自称'文学艺术界'的喧嚣吵闹、华而不实的集市。让那帮小丑和杂技演员为了得到那帮乌合之众的喝彩和半个便士而互相争斗吧。就让它自个儿大呼小叫、人潮汹涌、喧嚣吵闹、放射廉价的光焰吧。转身离去吧；夏天的夜晚就在树篱的另一边，连同它的寂静，还有它满天的繁星。”

灰姑娘，你我都是过来人，因此能够提出很好的忠告，但你以为别人会听吗？

“噢，不，我的王子并不像你的那位。我的王子会一直爱我，我也特别适合宫廷生活。我有适应宫廷生活的本能和能力。我敢肯定我天生是当公主的料。灰姑娘，谢谢你善意的忠告，但你我之间有很大的不同。”

这就是你将得到的回答，灰姑娘；而我那位年轻的朋友则会对我说：“是的，我理解你在文学生涯中得到的失望；但话说回来，你知道，我们的情况并不完全一样。在保住我的地位上，我不大可能遇到太多的麻烦。我并不害怕阅读批评家对我的说三道四。当你身处密集的人群中，无疑有些不利，但头顶始终有大量的空间。所以谢谢你，再见。”

此外，亲爱的灰姑娘，我们的意思也并不完全是这样——这是很好的忠告。我们已经习惯了这些便宜货，我们会惦记它们，尽管我们知道它们毫无价值：你，你的宫殿，还有你小小的金冠；我，我这顶江湖郎中的帽子，以及当我摇铃时人群中发出的笑声。我们什么都想要——人间天上能够给予的一切幸福，肉体的舒适，还有内心和灵魂的慰藉；我们是内心骄傲的人，我们不会得到了一部分就善罢甘休。只有给我们一切，我们才会心满意足。毕竟，灰姑娘，你已经有过你的好时光。有些小狗却从未有过它们的好时光。你不要太贪心。你已经品尝过了幸福。在那几个月里，宫殿就是天堂，国王的双臂把你拥抱，灰姑娘，国王的吻印留在你的唇上；诸神也不可能把这些从你那里夺走。

如果我们过于贪食，蛋糕不可能永远吃下去。总有一天，我们会饥肠辘辘地捡起最后一粒蛋糕屑，坐在那里凝视着空空如也的餐桌，筵席上一无所剩，只留下大快朵颐后的痛苦。

事实上，因为其最重要的道德寓意，我们选择了这个灰姑娘的故事，这是可怜的人性一次天真的自我招供：要为善，小姑娘。在许多严酷的考验下要谦和温顺。纵使命苦也要温柔仁慈，有朝一日，你将嫁给一位王子，乘坐自己的马车。要勇敢而真实，小男孩。努力工作，耐心等待，到最后，有了上帝的祝福，你会挣到足够的钱，回到伦敦城，娶你主人的女儿。

亲爱的读者，要是我们愿意的话，你我倒是可以给这些年轻人上一堂更真实的课。我们知道，唉！一切美德之路并不通向财富，而是恰恰相反；否则的话，怎么解释我们微薄的收入？可是，你以为对他们坦然相告就一定好吗？诚实是一个男人所能消受的最昂贵的奢侈品。一般说来，如果坚持下去的话，美德只能通向偏远郊区的一幢只有六间房的寒舍。或许，这个世界是明智的：虚构自有它的用处。

我认识一位相当聪明的小女孩，她知书识字，熟悉七位数以下的乘法表，可以与人争论。就其对于命运的姿态而言，我把她视为普通人的代表；下面是我最近偷听到的她与一位老夫人之间的对话，后者偶尔善意地把自己的世俗智慧传授给她：

“我今天早晨很乖，不是么?”

“是的，哦，是的，对你来说，已经相当不错了。”

“你认为爸爸今夜会带我去看马戏么?”

“是的，要是你一直很乖的话。要是你今天下午不淘气的话。”

停了一会儿。

“我星期一很乖，你应该还记得。”

“还算乖吧。”

“很乖，你说的。”

“嗯，是的，还不错。”

“我本应该去看童话剧的，但我没去。”

“嗯，那是因为你姑姑突然来了，你爸爸弄不到另外的票。如果当时不去的话，你可怜的姑姑就根本不会去了。”

“哦，她不会去吗?”

“是啊。”

又停了一会儿。

“你认为她今天会不会突然来?”

“哦，不，我认为不会。”

“嗯，我希望她不来。我今晚想去看马戏。因为，你知道，要是不去的话我会很扫兴。”

因此，这世界答应我们看马戏或许是明智的。我们起初相信了，但过了一会儿，恐怕我们就要扫兴了。

自己动手

我还记得——不过话说回来，我总是记得很久以前的事。你，亲爱的读者，刚刚步入壮年，也就是那些不动脑子的小青年称为中年的年龄，当然，我不可能指望你步我的后尘——那时候，有一本叫做《业余爱好者》的期刊，销量可观。杂志的目标颇为崇高。它试图向人们传授如何独立的美妙课程，极力灌输自力更生的美妙学说。有一篇解释了如何用澳大利亚的肉罐头制作花盆，另一篇讲授了如何把黄油桶变成琴凳，还有一篇介绍了如何利用旧帽盒制作软百叶窗；整个方案的原则是：利用某种东西，做成原本并不打算作此用途的各种东西，而且原本越不适合这一用途越好。

我清楚地记得，有整整两页，专门用来鼓励用旧煤气管制作伞架。我实在想不出还有什么东西比煤气管更不适合用来挂帽子和雨伞了；要是真有的话，我敢肯定作者会想到它，并加以推荐。

你可以用姜汁啤酒瓶塞来制作画框。你积攒啤酒瓶塞，再找来一幅画——这就齐了。至于制作每个画框得喝掉多少啤酒，它对制作者的身体、精神和道德上的健康有啥影响，《业余爱好者》杂志概不操心。我估算了一下，一幅中等尺寸的画，十六打啤酒大概足够了。而喝掉十六打啤酒之后，你是不是对给那幅画配个框还有兴趣，是不是对画本身还有什么自豪感，那就不知道啦。不过话说回来，这当然不是重点。

我认识的一个年轻绅士——我姐姐家园丁的儿子，正像我的朋友奥伦多夫所描述的那样——成功地得到足够的啤酒瓶塞，给他祖父的照片配个相框，但结果却不尽人意。实际上，园丁的妻子很不满意。

“干吗用这些瓶塞把父亲围起来？”这是她的第一个问题。

“你看不出来吗？”他有点生气地答道，“那是相框。”

“噢！为什么用瓶塞呢？”

“哦，书上说用瓶塞。”

老太太依然莫名其妙。

“这样一来看上去不像父亲。”她叹了口气。

她的长子变得有些激动：谁也不喜欢听到批评。

“那看上去像什么？”他吼道。

“嗯，我不知道。照我看，什么也不像，就是啤酒瓶塞。”

老太太的观点是对的。某些艺术流派可能适合这种配框方法。我本人见过一张丧贴，通过这种方法大为改观；但一般而言，结果是画框格外显眼，而它框住的东西却黯然失色。那些更诚实、更有品位的画框制作者自己也会承认这一点。

“是啊，它看上去有些难看。”有一个人对我说，当时，我们站在房子的中间正打量着那幅画。“但你感觉到这玩意儿是自己动手做的。”

我注意到，有这样的想法，你就甘心接受很多其他东西，除了啤酒瓶塞画框之外。

我的另一位年轻的绅士朋友——我不得不承认，对于《业余爱好者》杂志的建议和忠告，受益最多的是年轻人，我想，一个人岁数越大，胆子便越小，人也越懒——按照书上的指导，用两个啤酒桶制作了一把摇椅。从实用的观点看，那是一把蹩脚的摇椅。它摇得太厉害了，而且每次同时朝很多不同的方向摇。我认为，一个人坐在摇椅上恐怕不想连续不断地摇个不停。到时候他肯定会对自己说："得了，我这会儿已经摇够了；现在我只想静静地坐一会儿，以免更糟糕的事落在我头上。"不过这只是此类任性摇椅中的一把，这种摇椅对人类是个危险，对它们自己来说也是件讨厌的东西。它的想法是：它天生就是用来摇的，要是不摇的话，岂不是在浪费时间。一旦开始摇，就没有什么东西能让它停住，也不曾有什么东西让它停下来过，直至它发现自己倒过来扣在了坐摇椅者的身上。这是唯一让它清醒过来的事情。

我曾去拜访一家人，被领进了空无一人的客厅。摇椅殷勤地朝我点头。我怎么也没想到它是一把业余摇椅。那时候我还年轻，对人性充满信任，我想，一个人在没有知识和经验的情况下，不管可能尝试别的什么，总不会傻到拿摇椅做试验吧。

我粗心大意地轻轻坐了上去。我立即注意到了天花板。我本能地朝前移动。窗户和窗外那些树木葱茏的小山在眼前一闪，瞬间飞了上去，消失不见了。地毯从我眼前一掠而过。我瞥见自己的靴子以每小时大约两百英里的速度消失在我的下面，我费了老大的劲试图把它们找回来。我猜，我的动作有些过火。我同时看到了整个房间——四壁、天花板和地板同时出现在眼前。那是一种幻觉。我看到立式小钢琴倒立着，再次看到自己的靴子从面前一闪而过，这一次是从头顶上飞过，靴底朝上。我此前从未在这样一个位置上待过，以至于我的靴子看上去似乎无处不在。紧接着，我的靴子又不见了，正当地毯从我面前冲过时，我的脑袋把它抵住了。与此同时，什么东西重重地击中了我的后腰。当理智恢复时，我想，袭击我的必定是那把摇椅。调查证明这个猜测是正确的。幸好，客厅里依然只有我一个人，因此得以能够在几分钟后镇静而端庄地去见女主人。对那把摇椅我只字未提。事实上，我倒是很希望，在我离开之前，能够幸灾乐祸地看到别的客人到来，尝尝它的滋味：我故意把它重新摆到了最显眼、最方便的位置上。但是，虽说我觉得自己能够强忍着默不作声，但我发现，当女主人要求我对那玩意儿表示赞赏时，我实在无法同意。刚才的经历深深地激怒了我。

“威利亲手做的，”这位溺爱的母亲解释道，“你不觉得他很聪明吗？”

“哦，是的，确实很聪明，”我答道，“我很愿意承认这一点。”

“他用几个旧啤酒桶做成的。”她继续说道。她看上去似乎引以为豪。

尽管我极力控制自己的怒火，但火气还是越来越大。

“噢！他做的吗？”我说，“我认为，他完全可以拿它们做点更好的事情。”

“做什么？”她问道。

“噢！嗯，很多事情，”我答道，“或许可以再拿它们装啤酒。”

女主人惊讶地看着我。我觉得她在期待我给出理由。

“你知道，”我解释道，“这把椅子做得实在不咋的。摇臂太短，弯得太厉害，而且，要是你注意的话，其中一个摇臂比另一个更高，半径也有些小；后背的钝角过大。坐上去的时候重心就变得——”

女主人打断我的话。

“你刚才在上面坐过。”她说。

“就一会儿，时间不长。”我对她说。

她的语气变了。她变得有些歉意。

“很抱歉，”她说，“它看上去还是不错的。”

“看上去确实不错，”我附和道，“可爱的小家伙的聪明就表现在这里。它的样子消除了人们的猜疑，从而判断那把椅子可能是为了真正实用的目的而制作的。有几个我们共同的熟人——名字我就不说了，你认识他们——都是浮华自负、自鸣得意、心高气傲之辈，那把椅子会让他们有所改观。我要是威利的话，我就会用一些纺织艺术品把那台机器乔装打扮一番，垫上几块格外诱人的软垫作诱饵，用它来教人们学会低调和谦卑。我不相信，有哪个家伙走下那把椅子时还像坐上去的时候一样傲慢自大。可爱的小家伙所做的，将构成一个自动的演示者，说明人类自大的短暂性。作为一个道德警示的工具，那把摇椅将被证明是因祸得福。”

女主人微微一笑；恐怕更多的是出于礼貌，而不是真心实意的欣赏。

“我想你太苛刻了，”她说，“你要是还记得，这孩子此前从未试手做过这种东西，那它确实还算不赖。”

从这个观点来考虑，我只能表示同意。我可不想向她暗示：年轻人在着手一项困难工作之前，最好是先获得知识和经验：这套理论不受欢迎。

不过，《业余爱好者》杂志在宣传时最着重推广的是用蛋箱制作家具。为什么是蛋箱，我始终搞不懂，但根据《业余爱好者》的指示，蛋箱构成了家庭生活的基础。有了充足的蛋箱供应，再加上《业余爱好者》所说的“天生的心灵手巧”，小两口面对家具问题时用不着大费踌躇。三个蛋箱做一个写字台，坐在另一个蛋箱上就可以读书写字；你的藏书排列在周围的蛋箱里——于是你就有了一个书房，设备齐全。

对于餐厅，两个蛋箱做成壁炉上的饰架，四个蛋箱加一面镜子便是一个餐具柜，而六个蛋箱，再加上一些衬垫和一码左右的印花装饰布，便构成了所谓的“温馨一角”。关于“角”，不可能有什么怀疑。你坐在一个角上，靠着一个角，不管怎么动都会碰到一个清清爽爽的角。但我并不认为它“温馨”。我承认蛋箱可以派上用场，我甚至准备想象它们的装饰作用；但

“温馨”，压根儿没有的事。我尝试过很多形状的蛋箱。我说的是许多年前，当时，这个世界和我本人都更年轻，我们的财富就是未来；对未来我们很有把握，因此靠着微薄的收入便安家置业，而即便是那些期望不高的人，也认为这点收入完全不够。在这样的环境下，如果不使用蛋箱或类似风格的家具，唯一的选择就是严格的古典式家具，还包括门道，加上建筑部分。

作为贵宾，我曾从星期六到星期一，把我的衣服挂在蛋箱里。我曾坐在一个蛋箱上，面对一个蛋箱，端着我的茶杯。我曾在蛋箱上做爱——经常这样，而且，如果让我再次感觉到自己的血液像那时候一样从我的血管里奔涌流过，我愿意满足于只坐在蛋箱上，直到自己被装在一个蛋箱里埋葬，上面立着一个蛋箱充当墓碑——我在蛋箱上度过了许许多多个夜晚，我在蛋箱里上床睡觉。蛋箱有蛋箱的优点——我不打算用双关语——但要说它们很温馨，那只能是骗人。

它们多么奇特啊，这些自制的房间！它们从暗影中浮现出来，在我的眼前再一次塑造成形。我看到了那只疙疙瘩瘩的沙发，那把可能是宗教大法官亲自设计的安乐椅，那只凹陷的高背长靠椅（它在夜里是我的床），那几个从瓦尔杜街贫民窟买来的菜盘子，那个你总是坐在上面的搪瓷凳子，那面被框在丝绸里的镜子，那两把背面各有一幅廉价雕版画日本扇子，安妮绣上孔雀羽毛的钢琴罩，詹妮表姐缝制的茶几布。我们坐在这些蛋箱上做梦——因为我们都是有艺术品位的年轻的绅士和淑女——梦想着有朝一日我们在奇彭代尔式的餐厅里推杯换盏，在路易十四式的客厅里啜饮咖啡，而且非常快乐。没错，打那以后，正如邦珀斯先生常说的那样，我们当中有些人发达了；而且，当我去拜访的时候，我注意到，我们当中有些人确实很成功，我们真的坐在奇彭代尔式的椅子里，面前是喜来登的餐桌，用亚当的壁炉取暖；但是，唉，梦想、希望和热情，曾经像三月的芬芳气息，缭绕于华而不实的二楼，它们如今在何方。我想，恐怕早已与那些廉价扇子和蒙着印花装饰布的蛋箱一起被扔进了垃圾箱。命运女神就是这般公平。在她给予的时候，她也拿走了什么。她曾经扔给我们几个先令和希望，如今又施舍给我们一些英镑和恐惧。那时候，我们坐在蛋箱王座上，顶着骄傲自负的王冠，怎么就不知道自己有多么幸福呢？

是啊，迪克，你已经爬得很高了。你编辑着一份伟大的报纸。你把消息传播到四面八方——没错，那是你的老板约瑟夫·戈登巴格爵士指示你传播的消息。你向人们传授约瑟夫·戈登巴格爵士希望他们学会的课程。人们都说，他明年将会获得贵族头衔。我敢肯定，这是他努力挣来的；或许，你也可能获得爵位，迪克。

汤姆，你如今也在发达起来。你放弃了那些没有销路的讽喻画。那些富有的艺术赞助人，谁会喜欢自家的墙壁连续不断地告诉他：迈达斯长着驴耳朵，拉撒路整日坐在他的家门口。你现在画肖像，人人都对我说你前途无量。耶洗别老夫人的那幅“印象”确实妙不可言。画中的那个女人看上去相当漂亮，但依然不失为贵夫人。你的笔触堪称神奇。

但是，汤姆，迪克，我的老朋友，在你们的成功当中，难道就没有一些悄然出现的时刻，让我们从过去的岁月里找出那些旧蛋箱，用它们重新布置康登镇的那些肮脏阴暗的房间，在那里重新找到我们的青春，我们的爱情，以及我们的信念？

前些日子，一次偶然事件让我回想起所有这些事情。我第一次去拜访一个人，他是个演员，他要我到他和老父亲一起生活的那间小屋里去看他。让我惊讶的是——我以为那种时尚早已销声匿迹了——我发现，房子里的一半陈设是用包装盒、黄油桶和蛋箱做成的。我的朋友每周挣 20 英镑，但他向我解释，制作这些畸形怪物是他老父亲的业余爱好。老父亲对这些东西引以为豪，仿佛它们是出自南肯辛顿博物馆的样板家具。

他带我走进餐厅，让我看最近的一次瞎胡闹——一个新书架。房间里别的家具都很漂亮，而对室内景观的破坏，几乎想象不出还有比这个书架更大的。他向我保证，这个书架只是用蛋箱做成的，他其实大可不必告诉我这个。你一眼就能看出它是用蛋箱做的，而且是那种质量很差的蛋箱——是让生产商丢脸的那种蛋箱，“店家”根本不值得花十八个先令买这样的蛋箱储存鸡蛋。

我们上了楼，去我朋友的卧室。他开门时就像是打开一座宝石博物馆的门。

他站在那里，手放在门把手上，说：“你在这里看到的每一样东西都是老爷子做的——每一样。”随后我走了进去。他让我注意那个衣橱。“现在我撑住他,”他说,“同时你拉开橱门。我想地板有点不平;你要是不小心的话,它会摇晃。”它还是摇晃了,但我们连哄带骗,总算成功地拉开了橱门,没出什么意外。我惊讶地注意到,里面的衣服很少,尽管朋友是个衣着讲究的人。

“你瞧,”他解释道,“除非万不得已,我根本不敢用它。我是个笨手笨脚的家伙,要是碰巧急急忙忙,我很可能让整个衣橱翻倒过来。”似乎有这种可能。

我问他是如何设法应付的。“我通常在浴室里穿衣服,”他答道,“我大部分东西放在那儿。当然,老爷子并不知道。”

他让我看一个五斗橱。其中一个抽屉半开着。

“我不得不让那个抽屉半开着,”他说,“我把我用的东西放在里面。这些抽屉并不那么容易关上;或者这么说吧,它们关上倒是没什么问题,但接下来就打不开了。我想,那是因为天气的原因。我敢说,要是在夏天,它们打开关上都没问题。”他是个乐观的人。

但房间里令人骄傲的是脸盆架。

“你看这个咋样?”他热情洋溢地大声说,“真正的大理石面。”

他没有进一步解释。兴奋中,他把手搁在了那玩意儿上面,结果很自然:它垮塌了。说时迟那时快,我一把抱住了水罐,同时也接住了里面所装的水。脸盆滴溜溜滚了起来,除了我和肥皂盒之外,倒也没造成什么大的损害。

我实在提不起兴致对这个脸盆架大加赞赏；我觉得自己活像个落汤鸡。

“你想洗把脸时怎么办呢？”我问道，同时我们一起重新安放好那个陷阱。

他那副密谋者的神情做派透露了秘密。他心虚地扫视了一圈房间；随后踮着脚尖，蹑手蹑脚地走过去打开床后的一个小柜子。里面有一个脸盆和一个小罐。

“别告诉老爷子，”他说，“我把这些东西藏在那儿，在地板上洗脸。”

这是我由蛋箱得到过的最好的东西——它是这样一幅生动的画面：一个弄虚作假的儿子在床后的地板上偷偷摸摸地洗脸，听到每一声脚步都哆哆嗦嗦，生怕“老爷子”走到门前。

你大概很想知道，所谓的“十诫”，是否真的像我们这些善良的家伙所认为的那样百无一漏呢——第十一诫是不是抵得上整个十诫的价值呢：“你们要彼此相爱”，这种爱只能是平凡的、人性的和实际的。另外十诫难道不能轻松地藏进这第十一诫的一个角落里？在混乱无序的瞬间，一个人可能会同意路易斯·史蒂文森的观点：对一个平凡的世界来说，做到友善和快乐便是一种很好的宗教。我们是如此之忙，以至于没工夫杀人，没工夫偷盗，没工夫垂涎邻人的娇妻，甚至没有工夫彼此公正相待，哪怕我们只有片刻的时间待在一起。我们真的有必要如此自以为是，以至于坚信我们现在的善恶清单是唯一正确而完备的清单吗？那些仁慈而无私的人，难道仅仅因为并不总是成功地压制自己的自然本能，他们就一定是坏人吗？而那些心胸狭隘、灵魂肮脏、思想和行为都没有能力做到慷慨大度的人，难道仅仅因为没有自然本能，他们就一定是圣徒吗？我们——我们这些严谨古板的卫道士——是不是得出错误的方法，来评判我们那些意志更薄弱的兄弟姐妹？我们评判他们，就像批评家们评判作品一样，所依据的不是他们的长处，而是他们的缺点。可怜的大卫王！当地的警戒协会该对他说些什么。至于诺亚，根据我们的计划，这个国家的每一个戒酒讲台都会谴责他，而那个含，因为揭露他，肯定会在地方教区会议的投票中拔得头筹，作为对他的奖赏。而圣彼得，软弱无力、意志薄弱的圣彼得，对他来说多么幸运，因为在美德的观念上，他的使徒兄弟和他们的主人并不像我们今天这么严格。

我们是不是已经忘记了“美德”这个词的含义？曾几何时，它表示一个人身上的善，而不考虑他身上潜藏着的恶，就像麦田里的稗草。我们废除了单数的美德，代之以复数的美德。我们现代人的典范，不是英雄——他缺点太多——而是毫无过错的仆从，不是做过什么好事的人，而是那个没有被发现干过任何坏事的人。根据这套新的理论，就本性而言最有美德的东西是牡蛎。它总是待在家里，而且从不喝酒。它从不吵闹。它不给警察添麻烦。我想不出它违背过十诫中的任何一条。它自己从不玩乐，活着的时候也从未给别的任何活物带来过片刻的快乐。

我能够想象牡蛎在道德问题上如何教训狮子。

“你怎么不听我的,”牡蛎说,“老是在营地和村庄周围嚎叫,把那些安安静静的家伙吓得魂飞魄散。你干吗不像我一样早早上床睡觉?我从不在牡蛎养殖场周围鬼鬼祟祟地游荡,从不与其他牡蛎绅士打架斗殴,从不跟已婚的牡蛎女士谈情说爱,从不咬死羚羊或传教士。你为何不能像我一样靠着咸水、微生物或者我赖以为生的其他东西生活!你为何不试着变得更像我一些?”

一只牡蛎没有恶的激情,因此我们说它是一个品德高尚的鱼类。我们从不问自己:“它有什么善的激情吗?”一头狮子的行为常常不被正义之士所容忍。它难道就没有优点吗?

那个肥头大耳、油光水滑的“品德高尚”之士,会不会像他认为的那样,在天堂的门口受到欢迎呢?

“好吧,”圣彼得可能会把天堂之门打开一条缝,上上下下把他打量一番,“怎么回事?”

“是我,”品德高尚之士答道,脸上带着油腔滑调、自鸣得意的微笑,“我应该说,是我,——我来了。”

“是的,我看到你来了;可是,你凭什么要求进入呢?你过去七十年里做了什么?”

“成交!”品德高尚之士答道,“我啥也没做,我向你保证。”

“啥也没做!”

“啥也没做,这是我的强项,这就是我为什么来到这里的原因。我从未做过任何坏事。”

“那你做过什么好事吗?”

“什么好事?”

“是啊，什么好事?你难道不懂这个词的意思?这些年你吃喝睡觉，可给人类带来些许好处?你倒是没有为害——没有害自己。或许，你要是为害的话，没准对人类有些好处。我记得，这两者在人间总是如影随形。你究竟做了什么好事，让你可以进入天堂?这里可不是木乃伊的墓室;这里是曾经生活过的男男女女所待的地方;他们做过好事——唉，也做过坏事;这里是专门保留给那些为正义而战斗的人，而不是保留给那些带着正义的精神逃离战斗的正义之士。”

然而，我之所以记起《业余爱好者》杂志，以及书中传授的课程，并不是为了说这些事情。我的意图只是想引出一个小男孩的故事，他所做的事情并不需要他格外聪明。我之所以想对你们讲述他的故事，乃是因为，就像大多数真实故事一样，它也有一个道德寓意;而且我认为，没有道德寓意的故事只不过是愚蠢的文学作品，就像并不通向任何地方的道路，比如供病人锻炼的那些道路。

我知道这个小男孩曾把一个昂贵的八天座钟拆得七零八落，用它制作了一个玩具蒸汽船。诚然，做成之后，这玩意儿不是很像蒸汽船;但考虑到所有困难——八天座钟不适合蒸汽船的需要，以及必须赶在思想保守、毫无科学热情的人出面干涉之前尽快完成任务——也算是一艘还不错的蒸汽船了。只用一个熨衣板和十几根烤肉扦，他就能做出一个非常实用的兔笼子——前提条件是没人及时发现熨衣板不见了。他能用一把雨伞和一根煤气灯柱造出一杆枪，这杆枪虽说不像马蒂尼—亨利步枪那样有准头，但至少更要命。用半根橡胶软管，一个从牛奶场拿来的煮锅，以及从客厅壁炉台上抠下的几块德累斯顿装饰瓷板，他可以建造一个花园喷泉。他可以用厨房的餐桌制作书架，用裙衬制作弓弩。他能为你拦截一条小溪，好让所有的水都从槌球草坪上流过。他知道如何配制红漆和氧气，以及诸如此类很多在家里派得上用场的东西。除了别的事情之外，他还学会了如何制造烟花，几次不算严重的爆炸之后，他实际上已经做得相当不错了。会玩板球的孩子讨人喜欢，善于打架的孩子受人尊敬，顶撞老师的孩子被人爱。但最受人崇敬的，是能造烟花的孩子，这样的孩子被认为高人一等。十一月五日眼看着就要到了，在一个纵容的母亲的同意下，他决定向世界证明自己的力量。一大帮亲朋好友和同学都受到邀请，提前两个星期，碗碟储藏室被改造成了烟花制造厂。女仆们走来走去，时刻担心自己有性命之忧，而那幢别墅，要是仅凭气味来判断，你可能认为它已被撒旦接管，作为一个附属建筑，因为他的主建筑人满为患，很不方便。到四日晚上，一切都已准备就绪，样品进行了测试，以确保第二天夜里不会发生意外。一切都尽善尽美。火箭炮冲向夜空，落下时漫天繁星，罗马彩筒向黑夜发射着它们的火球，凯瑟琳转轮火花四溅、飞快旋转，鞭炮爆竹噼里啪啦。那天夜里，他上床时是一个自豪而快乐的小男孩，梦想着名满天下。他站在炽热的烟花中间，庞大的人群向他欢呼致意。他知道，大多数亲友把他看作是这个家族未来的傻瓜，如今，他们将在那里见证他的胜利。迪基·鲍尔斯也是如此，此人曾因为他打棒球时扔不准而嘲笑他。面包店的那个女孩也在场，她将认识到他有多聪明。

节日的夜晚到了，一起来到的还有客人们。他们坐在厅门的外面，裹着围巾和披风——小男孩和大男孩，小姑娘和大姑娘，就像剧院的招贴所说的那样，还有村民和仆役，总共大约四十人，在那里等待着。

可是，烟花没有炸响。它们为何没有炸响，我无法解释，也没有人能解释。自然规律似乎只在那天晚上暂时不起作用了。火箭炮掉了下来，原地熄灭了。任何人为的手段似乎都不能点燃爆竹。彩包鞭炮嘭的一响就无声无息了。罗马彩筒可能是英国灯芯草蜡烛。凯瑟琳转轮成了旋转的萤火虫。火蛇积攒不起一只乌龟的劲头。背景图案是海上的一艘船，只显示出了一根桅杆和船长，随后就熄灭了。有一两个项目倒是尽到了本分，但它们所起到的作用，不过是让整个事情的愚蠢显得更加引人注目。小姑娘们抿嘴而笑，小男孩们打趣逗乐，姑婶姨妈和堂表兄妹们说烟花很漂亮，叔伯舅舅们打听是不是已经结束，谈起了晚餐和火车，“村民和仆役”一哄而散，溺爱的母亲说“没关系”，并解释昨天一切进行得多么顺利。那个聪明的小男孩悄悄地上了楼，回到了自己的房间，在黑暗中伤心地哭泣。

几个小时之后，当人群已经把他忘记，他再次偷偷地溜进花园，在他希望的废墟中坐了下来，想知道究竟是什么导致了这场惨败。他依然迷惑不解，于是从口袋里掏出了一盒火柴，划着了一根，伸向他四个小时前没能点着的一个火箭筒烧焦的末端。它焖烧了片刻，随后嗖地一声射向天空，炸成了万点火花。他试了一个又一个，结果都是一样。他重新尝试着点燃那个背景图案，整幅图画一点一点地浮现在夜空——只少了船长和一根桅杆，展现出火焰的全部壮丽辉煌。飞溅的火花洒落在那堆彩筒、转轮和火箭炮上，片刻之前，它们曾固执地拒绝点燃，并一个接一个被当作废物扔到一边。此时，被夜霜覆盖的它们火山爆发一般冲天而起。他站在那儿，面对眼前辉煌的壮观景象，唯一的安慰是：母亲的手放进了他的手里。

整个事情当时对他来说是个谜，但是，当他对生活有了更多的了解之后，他开始懂得，它只是一个实例而已，说明了一个统治着一切人类事务的坚实可靠却又无法解释的事实：你的烟花在有人群围观时是放不响的。

我们的连篇妙语，一直要等到大门关上、我们独自来到街上之后，或者像法国人所说的那样，在我们走下楼梯之后，才会猛然想起。我们晚宴后的演讲，在穿衣镜面前发表时听上去那样生动有力，而在觥筹交错之间却古怪地显得平淡乏味。我们原本打算灌进她耳中的那些热情奔放的滔滔雄辞，到头来却成了吞吞吐吐的胡言乱语，她听了只能付之一笑——这实在不能怪她。

亲爱的读者，但愿你能听到我打算讲给你听的故事。当然，你会根据你所读到的我写的这些故事，对我进行评判——或许是根据诸如此类的东西。但那对我并不公平。那些我没有讲给你听的故事，未来有朝一日我将要讲给你听，我希望你根据那些故事，对我作出评判。它们是如此优美，你肯定也会这样说；对于这些故事，你将和我一起同哭同笑。

它们不请自来，进入了我的头脑，大声要求我把它们写出来，然而，当我提笔在手，它们全都跑得不见踪影。仿佛它们羞于抛头露面，仿佛它们要对我说："只有你一个人，可以阅读我们，但你千万不要把我们写出来；我们太真切，太忠实。我们就像你说不出口的想法。或许，过一阵子，当你对生活有了更多的了解，你就可以把我们讲出来了。"

假如我写一篇关于自己的批评文章，就价值而言，我会把我已经动笔、但没有写完的故事排在上述这些故事之后，至于为什么，我自己也没法解释。它们是很好的故事，大多数都是；远比我已经写完的故事好得多。要是你想听的话，兴许改日我会给你讲讲其中一两个故事的开头，你可以自己判断。说来也怪，尽管我一直自视为一个注重实际、理性健全的人，但仔细审视它们瘦小的身子躺于其中的那个储藏柜，我发现，我的脑子里有那么多胎死腹中的孩子竟然是鬼故事。我猜，我们所有人恐怕都希望有鬼存在。对于我们这些所有时代的继承人来说，这个世界变得有点趣味了。年复一年，科学用扫帚和掸子扯下虫蛀的挂毯，强行打开紧锁的房门，让光亮照进隐秘的楼梯，清扫了地牢，探查了隐藏的通道——发现到处尽是灰尘。这座充满回声的旧城堡，这人间世界，在我们乳臭未干的日子里便充满了神秘，如今当我们日渐老去，它却正在失去它的非凡魅力。国王不再睡在山洞里。我们已经凿穿了他的山中洞室，用我们的鹤嘴锄让他的胡须瑟瑟发抖。我们已经从奥林匹斯山赶走了众神。在月光下漫步走过小树林的人，再也没有谁害怕或希望一睹阿佛洛狄忒那甜美却要命的芳容。雷神之锤不再在山峰之间回荡；在那里回荡的，只是旅游列车的轰鸣。我们扫荡了神仙们出没的森林。我们从海洋里过滤掉了它的仙女。就连那些鬼也纷纷离我们而去，被灵魂研究学会追得无处可逃。

然而，在所有这些事物当中，鬼的消失大概是人们最少惋惜的。他们都是些呆头笨脑的老家伙，把他们生锈的铁链弄得当啷作响，哼哼唧唧，唉声叹气。就让他们走吧。

然而，要是他们愿意的话，他们会变得多么有趣啊！那个身穿铠甲的老先生，生活在约翰王的统治时期，被人暗杀了，据说就在我写下这些文字时可以从窗户里看到的那片林子的外围——可怜的老先生，正当他骑马回家时，被人从后背捅死了，他的尸体被扔进了护城河，那里至今被称作托尔墓。那里如今已完全干涸，报春花爱上了它陡峭的河岸；但在当年，那是个足够阴森的地方，有二十英尺深的死水。他为什么要在夜间出没于林间小路（就像人们告诉我的那样），把孩子们吓得魂不附体，让那些刚刚参加完乡村舞会、无精打采地打道回府的少男少女们脸色煞白，不敢笑出声来呢？他为什么不到这里来，跟我谈谈呢？只要他开开心心，态度友善，我肯定会欢迎他，让他坐在我的安乐椅上。有什么勇敢的故事他不能讲给我听呢。他参加过第一次十字军东征，听过彼得的号角声，面对面会晤过伟大的戈弗雷，或许还曾手按剑柄，守卫着兰尼米德。跟这样的鬼在一起，端的是听君一夜话，胜读十年书。死后的那八百年里他做了什么呢？到过哪里？见过什么？或许他探访过火星，跟那些生活在木星的液态火中的精灵有过对话。他从那个巨大的秘密中学到了什么？他是不是发现了真理？或者，他是不是像我一样，也是一个依旧在探寻未知的漫游者？

你，脸色苍白、满头华发的可怜修女，人们告诉我，每到深夜，可以看到你那煞白的脸庞探出那扇破败的钟楼窗户，聆听窗下雪松林里刀剑盾牌的撞击声。

这确实令人悲伤，我完全理解，亲爱的女士。你两个爱人都被人杀害了，你退隐到了一座修道院里。相信我，我真心替你难过，但为何要浪费每个夜晚，去重温整个痛苦的经历呢？忘却会不会更好？天哪，夫人，想想我们这些活着的人，如果因为儿时做下的错事，我们便把自己的一辈子都耗在绞着双手哀号痛哭上，那会怎样？如今一切都已过去。就算他还活着，就算他娶了你，你也未必幸福。我并不想说什么刻薄话，但是，建立在真心相爱基础上的婚姻，有时候结果并不幸，你想必知道这个。

接受我的劝告吧。去找那两个年轻人谈谈，劝说他们握手言和，交个朋友。进来吧，你们都进来，走出寒冷，让我们通情达理地谈谈。

为何要千方百计找我们的麻烦呢，你们这些可怜的苍白的鬼？我们难道不是你们的孩子么？做我们明智的朋友吧。告诉我，在你们年轻的时代，小伙子们如何求爱？少女们如何应答？难道世道大变，你们这样认为吗？即便在那个时候，不是也有新女性吗？——那些痛恨永不停息的挂毯织机和纺车的姑娘们。你们家的仆人，比起生活在咱们伦敦东区贫民窟的自由人，每天十四个小时缝制拖鞋，一周挣九个先令的薪水，他们的境况难道更糟？你是否认为，过去一千年里社会已经有了很大的改进？是更糟了？还是更好了？抑或，总的来说彼此彼此而已，除了我们称呼事物的名称有所不同？告诉我，你究竟学到了什么？

然而，即便对于鬼来说，过于亲昵是不是也会招致冷眼？

你打了一天的猎，累得不行，一心盼着上床，倒头便睡。然而，当你推开门，床帐后面便传来一阵鬼的笑声，你心里暗暗叫苦，知道等着你的是什么：跟那位喜欢吵闹的兰瓦尔骑士谈上两三个小时。我们对他的所有故事都烂熟于心，他会大叫大喊地讲述这些故事。想想我们的姑妈——我们继承遗产的希望便来自于她——她就在隔壁房间里睡觉，要是她醒来并偷听，那该如何是好！毫无疑问，对于骑士们的“圆桌”来说，这些故事足够恰当而得体，但我敢肯定，我们的姑妈对它们毫不欣赏——更别提那个关于亚格拉宾骑士与桶匠老婆的故事了！可他老是讲那个故事。

或者，不妨想象一下，晚饭后女仆走进来说：

“哦，对不起，先生，那位蒙着面纱的女士来了。”

“什么，又来了？”你妻子说，停下手里的活，抬起眼来。

“是的，太太。我要不要领她去楼上的卧室？”

“你最好是问问主人。”你妻子答道。语气暗示了只要女仆一走，便会马上产生不快；可你又能怎样呢？

“好的，好的，领她上去吧。”你说。女仆退下了，随手关上了门。

你妻子收拾了手里的活，站起身来。

“你去哪儿？”你问道。

“去跟孩子们一起睡觉。”她冷冷地答道。

“这看上去很无礼，”你极力劝说她，“我们得对这可怜的人儿客气些。你知道，按说这里实际上是她的房间。她一直在这里神出鬼没。”

“真古怪，”你贴心的妻子回道，语气更加冷冰冰的，“你不在的时候，她从不在这里出没。你去城里的时候，我确实不知道她去了哪儿。”

这不公平。你忍不住要发火。

“胡说些什么，伊丽莎白！”你答道，“我只不过对她客气罢了。”

“真古怪，竟然有人这样看待客气。”伊丽莎白顶了一句，“不过行行好，我们还是别吵了。我只是不想打扰你。两人成双，你懂的。我不想做第三者，仅此而已。”说完她就走了。

在我们这个世界上，恐怕没有你们这些鬼的容身之地。你应该还记得，他们是如何去找海华沙的——那些已经死去的他所爱的人的鬼魂。他曾祈祷他们回到他的身边，来安慰他，于是有一天，他们悄悄地溜进了他的棚屋，默默地围炉而坐，让海华沙周围的空气变得冰冷，冻住了笑水湖的微笑。

你们这些可怜的苍白的鬼魂，我们这个世界没有你们的容身之地。别来烦我们。让我们相忘于江湖吧。你这个胖墩墩的老妇人，你稀疏的头发正在变得花白，你的双眼越来越暗淡无光，你的下巴堆积着赘肉，你的声音因为太多的责骂和抱怨而变得刺耳，唉，成天操持家务免不了这些，求你离我远点。我爱活着时的你。那时你多么可爱，多么漂亮。此刻，我看到你穿着白色的连衣裙站在苹果花中。但你已经死了，你的鬼魂扰乱了我的清梦。我不希望你出没于我的身边。

你这个呆笨的老家伙，正从我刮胡子时所照的镜子中看着我，你为什么要在我的身边神出鬼没？你是我曾经认识的一个聪明小伙子的鬼魂。要是活着的话，他可能大有作为。我一直很信任他。为何要在我身边出没？我更愿意想起我记忆中的他。我从未想象过他会变成这样一个可怜的鬼。

爱情迷药

偶尔，有朋友问我这样的问题：你喜欢黑皮肤女人还是白皮肤女人？另一个朋友问，你喜欢高个子女人还是矮个子女人？还有朋友说，活泼快乐的女人和严肃认真的女人，你认为哪一个是更令人愉快的伴侣？此时，我发现自己所处的位置，很像从前一个颇有品位和魅力的年轻女士，岁数越来越大，家庭支出有增无减，很多条件合适的小伙子当时正在向她求爱，心急如焚的父母问她最喜欢谁。她答道，这正是她的为难之处。她拿不定主意自己最喜欢谁。他们都不错。她不可能选择一个，而排除其余。要是按照她的心愿，她倒是愿意嫁给他们所有人，但她断定，这是不可行的。

当有人向我提出上述问题时，我觉得自己就像那位年轻女士，当然，我所说的相像，大概更多的是在拿不定主意上，而不是在魅力和漂亮上。那就仿佛你问一个人最喜爱的食物是什么。有些时候，你喝茶时喜欢吃个鸡蛋什么的。另外一些场合，你做梦都想到熏鱼。今天你大声嚷嚷要吃龙虾。明天你真心希望再也不要见到龙虾；有一段时间你决定吃点牛奶面包和米饭布丁拉倒。突然问我是不是更喜欢冰淇淋胜于汤，是不是更喜欢牛排胜于鱼子酱，我恐怕一时间不知所措。

我喜欢高个子女人也喜欢矮个子女人，喜欢黑皮肤女人也喜欢白皮肤女人，喜欢活泼快乐的女人也喜欢严肃认真的女人。

别怪我，女士们，错在你们身上。每个头脑正常的男人都是泛爱者；他怎么可能不泛爱呢？你们是如此多种多样，而每个人又都是这般妩媚迷人，男人的心是很大的。亲爱的读者，你不知道一个男人的心究竟有多大：这是他的麻烦——有时候也是你的麻烦。

难道因为热爱谦逊的百合花，我就不能赞美勇敢的郁金香吗？难道因为珍爱玫瑰女王的芬芳，我就不能给迷人的紫罗兰留下一个香吻吗？

“当然不能，”我听见玫瑰花答道，“要是你在她身上看出了什么优点，你我之间就没有任何关系。”

“如果你喜欢那个大胆放肆的家伙，”百合花颤抖着说，“那我算看错人了。再见。”

“去找你那个娃娃脸的紫罗兰吧，”郁金香叫了起来，扬了扬她那傲慢的头，“你们还真是天造地设的一对儿。”

当我回到百合花身边时，她对我说她不可能信任我。她看到了我和其他那些花儿在一起。她认识到我是个游手好闲的浪荡公子。她温柔的脸上充满痛苦。

因此，我仅仅因为爱得太多而孤独一生，没有人爱。

我想知道的是，年轻小伙子为什么要结婚。选择的困难想必十分可怕。前些天的傍晚我在海德公园散步。近卫骑兵团的乐队在演奏振奋人心的乐曲，一大群观众沉浸在英国劳动者很少享受的愉悦中。我漫步于他们当中，我的注意力主要被女人所吸引。我猜，她们绝大多数是女店员、女帽制作工，以及其他属于中下阶层的女性。她们穿着自己最漂亮的连衣裙，戴着最吸引人的帽子，以及最新款的手套。她们三三两两地坐在那里，或者款款而行，叽叽喳喳，顾盼生辉，就像晾衣绳上的小麻雀一般快活。她们是多么赏心悦目的一群啊！我见过德国的人群，见过法国的人群，还见过意大利的人群，但任何地方都不曾发现像英国中产阶级当中漂亮女性占这样大的比例。每四个女人当中，就有三个值得一看，其他每个女人都堪称漂亮，而有一个女人，可以毫不夸张地说，算得上貌美如花。我来来回回地走过她们身边，突然产生了一个想法：假设我是一个没有任何成见和偏好的单身汉，正在寻找一位妻子；不妨假设——只是一个设想而已——所有这些女孩子都乐意接受我，而我只能选择一个！我肯定不知所措。有白皮肤女孩，看一眼都要人命；有黑皮肤女孩，让你内心似火；有金红色头发、深灰色眼睛的女孩，让你愿意追随她到天涯海角；有娃娃脸的女孩，你渴望爱她，拥抱她；有面相高贵的女孩，一个男人可能对她顶礼膜拜；有笑声不断的女孩，你可以快乐地与她共舞平生；有严肃认真的女孩，与她共度一生将甜蜜而美好；有看样子热爱家庭生活的女孩，你会觉得她是一个令人愉快的好妻子；她们上得厅堂，下得厨房，缝补浆洗，让家变成一个愉快温馨、安静平和的地方。接着走来了看样子很淘气的女孩，她大胆的眼神让所有的正统思想都灰飞烟灭，她爽朗的笑声把这个世界变成了一次疯狂的嘉年华会；还有你可以把她塑造成形的女孩，你可以向她学习的女孩，你想要安慰的悲伤女孩，你愿意为之喝彩的欢乐女孩；小姑娘，大姑娘，女王般的姑娘，仙女一样的姑娘。

假设一个小伙子不得不以这样的方式从三千佳丽当中选择妻子；或者假设，一个女孩子突然面对一万八千个条件合适的年轻单身汉，叫她挑出一个她想要的，越快越好，那会怎样？那大姑娘小伙子都不会结婚。命运女神对我们更仁慈。她理解我们，帮助我们。在巴黎一家酒店的大厅里，我曾偷听到一位女士叫另一位女士给自己推荐一家女帽店。

“去新商号吧，”那位被问到的女士热情地建议道，“他们可供选择的品种比巴黎任何地方都要多。”

“我知道那里的品种多，”前一位女士答道，“这正是我为什么不想去那里的原因。太多的选择让我无所适从。如果面对六顶帽子，我可以在五分钟内说出自己想要哪一顶。要是看到六百顶帽子，离开的时候我肯定两手空空。你不知道哪家小店铺吗？”

命运女神把小伙子或大姑娘叫到一边。

“到这个村子里来，亲爱的，”命运女神说，“到这个气候宜人的郊区小街来，到这个社交圈子里来，到这座教堂里来，到这个小礼拜堂里来。现在，我亲爱的小伙子，在这十七个年轻女士当中，你要哪一个？——在这十三个年轻小伙当中，你自己喜欢哪一个，亲爱的？”

“不，小姐，很抱歉，我今天不能领你去楼上，电梯坏了。但我敢肯定，我们能在这间屋子里找到适合你的东西。四处瞧瞧吧，亲爱的，没准你会瞧上什么东西呢。”

“不，先生，我不能带你看隔壁房间的存货，除了非常特殊的顾客之外，我们从不把它们拿出来。我们把最昂贵的商品储存在那个房间里。（拉上门帘，导购小姐。我之前已经跟你说过了）得了，先生，你不喜欢这件吗？这个颜色本季很火爆，我们卖掉了不少。”

“不，先生！当然，每个人的品位不会一样。没准深色的东西更适合你。导购小姐，把那两个浅黑肤色的姑娘叫出来。她们都是妩媚迷人的姑娘，你不这么认为吗，先生？要我说，高一点的那个更适合你，先生。稍等片刻，先生，让我来吧。现在，你怎么看，先生？我敢说，没准就是为你量身定做的呢。你更喜欢矮点的那个么？毫无疑问，这对我们来说没什么差别。价钱是一样的。我总是说，自己喜欢的便是最好的。不，先生，我不可能给你留着，我们从不这样做。说真的，眼下浅黑肤色的姑娘十分抢手。今天早晨就有一位先生专门来看这个，他今天晚上还会来。实际上，我根本不敢保证——噢，当然，先生，如果你现在就定下这个的话，事情就这么定了。（请把其余的都带走，给这位标上已售）等你把她带回家，我敢肯定你会喜欢她，先生。谢谢你，先生，再见！”

“现在，小姐，你看中了自己喜欢的吗？是的，你要的那个价格，我们全都摆这儿了。（把其他柜子都关上，导购小姐。展示的东西不要太多，那只会让顾客无所适从。这话我跟你说多少回了？）是的，小姐，你说得完全正确，有点小小的瑕疵。它们全都有小小的瑕疵。制造商说他们也没办法，是材料的问题。一个季节里，完美的样品我们一件也没得到；即便得到了一件，女士们似乎也毫不在乎。我们的客户更喜欢有点小小的瑕疵。她们说这更有个性。看看这件吧，小姐。这个品种穿上去很不错，既暖和又不显眼。你喜欢色彩更丰富的那件么？没问题。导购小姐，把那种样式的递给我。不，小姐，我们的担保不会超过一年，这在很大程度上取决于你怎么使用。噢，是的，小姐，它们相当耐穿。人们都说那种不怎么显眼的更耐久，但我的经验是彼此都差不多。除非你自己试试，否则谁都说不准。我们从不特别推荐某一款。这些商品有太多的偶然性，这正是它们的特性。我总是对女士们说：‘你自己挑吧，穿的人是你。一件东西要是一开始就不喜欢，那就没什么意思了。’是的，小姐，它很漂亮，看上去跟你很配，确实如此。谢谢你，小姐。请把那件放到一边吧，导购小姐。留心别让它跟未售商品混在一块儿。”

有一种很有效的催情药，就是那种西方小花的汁液，奥伯龙在我们睡觉的时候把它滴在我们的眼睑上。它在一刹那解决了所有难题。为什么，当然是因为海伦娜的皮肤更白！拿她跟赫米厄比！拿白鸽跟乌鸦比！我们怎能有片刻的怀疑呢？波顿是个天使，波顿既聪明又英俊。噢，奥伯龙，我们谢谢你的药。玛蒂尔达·简就是女神，玛蒂尔达·简就是女王，夏娃的后代没有一个像玛蒂尔达·简。她的鼻子——那小巧、可爱、上翘的鼻子——上的粉刺多么漂亮啊！她明亮的双眸因为生气而时不时地闪烁光亮，一个女人生气是多么富有刺激啊！威廉是个可爱的老傻瓜，愚蠢的男人可以多么可爱！尤其是当他足够聪明到爱上我们的时候。威廉在谈吐上并不出彩；我们多么痛恨一个男人的喋喋不休！威廉的下巴是人们所说的那种缩进型的，刚好是胡子长在上面很好看的那种。祝福你，亲爱的奥伯龙，谢谢你的药，再一次把它擦在我们的眼皮上吧。最好是给我们一瓶，奥伯龙，让我们把它带在身边。

奥伯龙，奥伯龙，你在想什么？你竟然把瓶子给了小精灵帕克。从他那里把它拿走吧，赶快。要是让那个淘气鬼得到了那个瓶子，我们就只有靠上帝保佑了。我们睡着的时候，求上帝把我们从帕克手里救出来。

或者，神仙奥伯龙，你把自己的药液视为一种开眼药，而不是一种闭眼药？你一定还记得白鹳给孩子们讲的故事：那个小姑娘白天是一个癞蛤蟆，只剩下那双可爱的黑眼睛还是她的。但在夜里，当王子把她紧抱在胸前，瞧啊！最美丽、最多情的女人。沼泽地有很多出身王室的女士，肤色糟糕，稀疏的头发笔直，愚蠢的王子们冷笑着骑马走开，去追求某个穿着女王装束的厨房丫鬟。那位眼睑上被奥伯龙滴了这种神奇催情药的王子是幸运的。

在欧洲大陆一座我已经忘记名字的小城的画廊里，挂着一幅画，它一直萦绕在我脑海里。那幅画是好是坏，我已经不记得了；艺术家想必会原谅我只记住了主题。画面上显示一个男人，被钉死在路边的十字架上。他并不是个殉道者。要是有人应当被绞死的话，那就是这个人了。艺术家十分清楚地表明了这一点。那张脸即便是在极大痛苦的掩盖之下，也是一张邪恶而奸诈的脸。一个村姑紧紧抱住十字架；她踮着脚站在一头很有耐心的驴子的背上，极力仰着脸，好让那个垂死的男人低头吻她的嘴唇。

窃贼，懦夫，流氓，这些全都铭刻在他的脸上，但是，在这张脸的下面、在这个邪恶外表的下面呢？难道没有留下一点男儿气概——没有温柔的东西，没有真实的东西吗？一个女人蹑手蹑脚地走向十字架，去亲吻他：上帝啊，难道就没有对他有利的证据吗？爱情是盲目的——是的，这是我们的缺点。老天帮帮我们，如果不是这样的话，爱情的眼睛就会伤痛。但是，对于我们身上的优点，爱情的眼睛却很敏锐。你，被钉死在十字架上的恶棍，站上前来。一百个证人都作出了对你不利的证词。难道就没有一个人作出对你有利的证词吗。大法官，有一个爱她的女人。让她说吧。

但是，我已经离题太远，远离了海德公园和那帮姑娘。

她们一次又一次地从我身边走过，一路欢声笑语。她们的眼睛由于欢乐的思想而明亮澄澈，她们的声音柔和悦耳。她们很快乐，她们也想让别人快乐。有的嫁人了，有的有明显合理的理由预期要嫁人，余下的则希望嫁人。我们，我本人，以及另外大约一万个年轻人。重要事情再说一遍——我本人和另外大约一万个年轻人；因为，我们当中谁不认为自己是个年轻人呢？老去的是这个世界，而不是我们。孩子们停止了玩耍，变得越来越严肃，小女孩的明眸变得越来越黯淡。山变得越来越陡，当然，里程碑也隔得越来越开。年轻人唱的歌不像我们从前唱的那么欢快。日子变得更冷，寒风变得更凛冽。美酒有点失去了早先的风味；新的幽默也跟老的不同了。别的小伙子正变得越来越呆笨和乏味；但我们没有变。正在老去的是这个世界。因此，我勇敢面对你轻率的笑，年轻的读者，我再说一遍，我们，我本人和另外大约一万个年轻人，走在这些可爱的姑娘当中，睁大我们孩子气的眼眸，心醉神迷，为她们倾倒，被她们俘获。与她们共度一生，为她们略效微劳，换取她们的千金一笑，该是多么愉快啊！跟她们打趣逗乐，听她们悠扬悦耳的笑声，慰藉她们受伤的心灵，读懂她们感激的眼神，该是多么惬意啊！实际上，生活就是一件令人高兴的事情，结婚的观念毫无疑问源自于仁慈上帝的头脑。

我们回报给她们微笑，我们欠身给她们让路；我们从椅子里站起身来，彬彬有礼地说："请允许我，小姐。""没关系，我喜欢站着。""这是一个令人愉快的夜晚，不是吗？"或许——这有什么坏处吗——我们与这些在生活的河流上偶然相遇的同行者攀谈起来。我们当中的有些人——那些胆子更大的家伙——甚至跟她们温和地调情逗趣。有些人认识其中几个，有幸碰到这样的情况，随之而来的便是互相之间开点无伤大雅的玩笑。你们这些英国中产阶级的年轻男女不大擅长打情骂俏的游戏。

老实承认，我们的方法或许有些笨拙，随着夜色渐深，我们可能变得太过吵闹。但我们并没有恶意；我们只是尽力让自己快乐，也给别人带来快乐，让时间在欢乐中过得飞快。

接下来，我的思绪来到远郊那些小房子里，周围这些明亮欢快的小伙子和小姑娘看上去更衰老，更沧桑。但那又怎样呢？那一张张老脸，如果被一双双由于爱情而略显昏花的老眼看着，不也温柔甜美么？操心和劳苦难道不是平和与快乐之母么？

但是，当我挨得更近一些，我发现，很多面孔愁眉不展，怒气冲冲，因而变得憔悴，周围的声音听上去粗暴无礼，吹毛求疵。悦耳动听的恭维和赞美变成了嘲讽和责骂。酒窝盈盈的微笑化作皱眉蹙额的怒容。似乎，想让别人快乐的愿望很小，不让自己快乐的决心很大。

那打情骂俏呢！唉，他们已经忘记了如何打情骂俏！噢，真可怜！所有的玩笑都尖酸刻薄，所有的略效微劳都不是心甘情愿。空气似乎变得越来越寒冷。黑暗笼罩着一切。

接下来，我回到了现实，发现自己坐在椅子里已经太久。露天音乐台上空无一人，太阳已经落山；我站起身来，穿过正在散去的人群，打道回府。

大自然就是如此冷酷无情。这个老巫婆一门心思只想着人类种族的繁衍，有时候让人十分恼火。

“大量繁殖，多多益善；让我的世界里人口越来越多。”

为此，她训练并塑造她的年轻姑娘，用一双巧手把她们打造成形，给她们涂上她神奇的桃红李白，给她们披上满头秀发，教会她们颔首微笑和开怀大笑，把她们的声音训练得悦耳动听，然后把她们派到这个世界，来俘获我们，奴役我们。

“瞧她多漂亮，我的小伙子，”这个狡猾的老巫婆说，“带她走吧，在风景秀丽的郊区修筑你小小的爱巢；为她劳作，为她生活；让她能够养育我将送来的小人儿。”

而对她，这个长着一百个乳房的老阿耳忒弥斯俯身低语道：“他难道不是一个英俊小伙子吗？瞧他多么爱你，对你多么一心一意！他会为你工作，让你幸福；他会为你建造一个家。你将成为他的孩子的妈妈。”

于是，我们彼此手拉着手，心里充满希望和爱情，从那一刻起，大自然母亲便不再管我们的事了。让皱纹爬上我们的脸庞，让我们的声音变得刺耳，让她在我心里点燃的烈火熄灭，让我们都以为已经永远丢在身后的愚蠢自私偷偷回到我们身上，把刻薄和冷漠，把愤怒的想法和冷酷的言辞，带回到我们的生活中。她才不在乎呢。她已经逮住了我们，用铁链拴着我们给她干活。她是我们所有人的丈母娘。她已经做完了媒；其余的事情，她全都留给了我们自己。我们相爱也好，打架也罢，对她来说没什么两样，去她妈的。

我有时真想知道，她是不是没有讲授好脾气这门课。谈生意的时候我们可以不使用刺耳的言辞，互相之间不说刻薄的话。店主隔着柜台弯腰俯身，满脸微笑，和蔼可亲；如果不是这样，他还不如索性关门大吉。商务代表无疑认为呆头笨脑的商店巡视员是个蠢驴，但还是忍着没有对他这样说。火爆脾气已经被驱逐出了伦敦城。我们难道没有认识到，把它赶出杜丁区和汉普斯特德区同样符合我们的利益？

坐在我旁边椅子上的那个年轻人，多么细心体贴地把斗篷围在旁边那位娇小制帽女工的肩上！当她说已经坐累了，他是多么欣然地站起身来，陪她去散步！尽管很明显，他坐在椅子里非常舒适。而她呢！她对他的笑话开怀捧腹，这些笑话并不特别机灵，也不是很新鲜。她大概几周前就在自己订阅的某份周刊上读到过它们。然而，这种无害的欺骗让他很开心。我倒是很想知道，十年之后她还会不会对这种老掉牙的幽默开怀大笑，十年之后他还会不会这样笨拙而费力地给她披上斗篷。经验摇了摇头，被我的问题给逗乐了。

我很想开办一所夜校，给已婚夫妇讲授性情脾气这门课，只是很担心这所学校因为招不到学生而难以为继。丈夫们倒是愿意建议他们的妻子报班上课，慷慨地提出支付一笔费用，作为生日礼物。而妻子听到大笔的金钱就这样浪费，不由得义愤填膺。“不，约翰，亲爱的，”她无私地答道，“你比我更需要这样的课程。从你手里抢走这样的机会准会让我羞愧难当。”这一天余下的时间里，他们会一直围绕这个话题争吵不休。

噢！真够蠢的。为了生活这顿野餐，我们如此大费周章地收拾我们的食品篮子。我们花了这么多钱，我们如此辛苦地劳作。我们仔细挑选馅饼，我们精心烹制肉块，我们如此小心翼翼地配制蛋黄酱，我们用饱含爱意的双手搅拌沙拉，我们把每一种我们能想到的美味佳肴塞进篮子里，直至它满满当当。唉，真倒霉！我们竟然忘了盐。为了给我们所爱的人一个温暖的家，我们埋首案头，我们挥汗车间；我们摒除了享乐，我们放弃了休息。我们从早到晚在厨房里辛苦劳作，可我们却因为缺少一小撮盐——因为缺少些许的友善，缺少温柔的言辞，关怀的爱抚，亲切的掐捏——而让整个野餐变得寡淡无味。

谁不认识那位可敬的家庭主妇，为了让这个家保持井然有序，她从早晨八点一直干到十二点？她是一个如此善良的女人，如此不知疲倦，如此慷慨无私，如此勤奋认真，如此叫人气恼。她的房间收拾得如此干干净净，她的仆人管理得如此规规矩矩，她的孩子打扮得如此整整齐齐，她的晚餐烹制得如此香甜可口，可整个房子却如此索然无味。她身边的每一样东西都干净利索，而周围的每一个人都垂头丧气。

我的好太太，你把餐桌拭得锃亮，把水壶擦得放光，而整个房间里最有价值的一件家具，你却任由它因为缺少一点点苦心经营，而饱受折磨，暗自憔悴。你会发现它就在你自己的房间里，我亲爱的夫人，就在你自己的镜子前面。它正在变得衣衫不整，邋里邋遢，提前显露出老态。它光滑的表面已被磨掉，夫人，它正在失去它的光彩和魅力。你是否还记得他最早把它带回家的时候？那时他多么为它自豪？你是否认为你妥善地使用了它，知不知道他多么看重它？少关注一点你的锅碗瓢盆，多操心一点你自己，那将会更明智。把你自己擦拭得光鲜靓丽吧，夫人；你曾经机智风趣，笑声爽朗，谈话也不完全局限于仆人的缺点和商人的欺诈。我亲爱的夫人，我们活着，并不是靠一尘不染的亚麻织品和没有碎屑的地毯。找出那一捆旧信吧，你曾用褪色的丝带把它们捆扎了起来，藏在书桌抽屉的最里边——真遗憾，你没有把它们多读几遍。他对你的袖口和衣领并不怎么热心，也没有滔滔不绝地称赞你的织补干净利落。他为之倾倒的，是你乱蓬蓬的头发，你灿烂明媚的微笑（我们已经许多年没有见到了，夫人——我猜，这多半是厨子和肉贩的过错），你的纤纤小手，你的樱桃小口——它已经没有了从前的形状，夫人。试着少责骂玛丽·安几句，每天开怀大笑一次：你有可能会找回那优美的曲线。这事值得一试。它曾经是一张漂亮的小嘴。

是谁编造了那句淘气的谎言：要走进男人的心，必须通过他的胃？有多少愚蠢的女人，竟然信以为真，在厨房里忙得不亦乐乎，同时却让爱情溜出了客厅。当然，如果你蠢到嫁给一头猪，我想，你当然得满足于毕生致力于给它准备泔水。但是，你真的肯定你丈夫是一头猪吗？万一他不是呢？——那么，夫人，你就在犯一个严重错误。我亲爱的夫人，你太谦虚了。如果我这样说没有让你过于自负的话，即便是在餐桌旁，你也比羊肉重要得多。勇敢点，夫人，不要害怕哪怕是跟你厨子的手艺一比高低。你可以比芥末蛋黄酱更辛辣，肯定比融化奶油更加抚慰人心。有一段时期，当你坐在他的对面，他搞不清楚自己吃到嘴里的是牛肉还是猪肉。这是谁的错？别把我们想得那么差劲。我们不是苦行僧，但也并不全是美食家：我们大多是普通人，像个健康人一样，喜欢我们的晚餐，但是更喜欢我们的恋人和妻子，希望如此。试试吧。一顿做得还算过得去的晚餐——不妨这么说吧，哪怕是一顿做得并不怎么过得去的晚餐，只要你看上去状态最佳，欢声笑语，快乐伶俐——对劳累一天之后的我们来说，这顿晚餐将会更加令人开心，比起一顿烹制精美的晚餐，而你却一声不吭、筋疲力尽、焦虑不安地坐在那里，你漂亮的头发懒散凌乱，你漂亮的脸蛋因为操心鳎鱼、挂念煎蛋而爬满皱纹，那样的一餐肯定更加令人愉快。

我可怜的玛莎，别操心那么多事。你才是唯一需要操心的对象——如果砖块水泥要想成为一个家的话。注意把你自己好好地端上餐桌，把你自己弄得尽善尽美，让你自己温柔体贴、令人满意，让人觉得值得在你面前坐下来。我们想要一个妻子，一个同伴，一个朋友；而不是一个廉价的厨子和保姆。

可是，说这些又有何用？这世界总会听从它自己的愚蠢。当我想到，我给出了各种好的建议，而实现的结果却微乎其微，我承认自己有些灰心丧气。就在几天前，我给一位小姐提出了很好的建议。我教她如何恰当地对待姑婶舅妈。她正在吮吸一支铅笔，我一直叫她不要这么干。她从嘴里拿出铅笔，开口说话。

“我猜你知道每个人应当做的每一件事。”她说。

有时候，有必要为了责任而牺牲谦虚。

“当然知道。”我答道。

“妈妈知道每个人应该怎么做每一件事吗？”这是她的第二

个问题。

关于这一点，我不是很有把握，但出于家庭的原因，我在此为了权宜之计而牺牲自己。

“那是肯定的，”我答道，“把铅笔从嘴里拿出来。我之前对你说过了。总有一天你会把它吞进肚子里，那样你就会得上软骨膜炎，然后死掉。”

她看样子正在解决一个难题。

“所有大人似乎都无所不知。”她总结道。

有时候我很怀疑，孩子们是不是像他们看上去的那样简单。如果是十足的愚蠢促使他发表这种性质的评论，你应当同情他们，设法改进他们。但如果不是愚蠢呢？那么，好吧，你还是应当设法改进他们，不过要用不同的方法。

几天前的一个早晨，我偷听到了保姆跟这个孩子谈话。保姆是一个相当不错的女人，她正在向那孩子传授某个确实很中肯的建议。她正把关于沉默是金的平常劝诫说到一半，多萝西娅打断了她的话：

“噢，别说了，阿姨。你老是喋喋不休，不让我有片刻安宁。”

这样的打断让一个试图恪尽职守的女人顿时灰心丧气。

上个礼拜二晚上，她很不高兴。而我自己呢，我认为大黄千万不能在四月之前吃，更不要就着柠檬汁吃。她母亲给她读了一篇关于痛苦的冗长说教。这番说教给她留下的印象是：我们必须忍耐，我们必须忍受上帝给我们送来的麻烦。多萝西娅像孩子那样打破砂锅问到底。

“我们必须忍受上帝给我们送来的鱼肝油么？”

“没错，的确如此。”

“忍受上帝给我们送来的保姆么？”

“当然啦；而且对你能有保姆照料还要感恩，有些小姑娘根本没有保姆。别多嘴多舌。”

礼拜五，我发现她妈妈在那里暗自流泪。

“怎么回事？”我问道。

“哦，没事，”她答道，“只是孩子而已。她是这样古怪。我实在搞不懂她。”

“她又怎么啦？”

“她总是跟人顶嘴，你知道的。”

她倒是有这个毛病。我不知道究竟是从哪里得来的，但她确实有这毛病。

“怎么啦？”

“嗯，她让我很生气。为了惩罚她，我告诉她不允许把她的洋娃娃童车带出去。”

“是吗？”

“嗯，她当时啥也没说，但是，等我刚一出门，我就听到她在自言自语——你知道她总是这样？”

“哦？”

“她说——”

“哦，她说什么？”

“她说：‘我必须忍耐。我必须忍受上帝给我送来的妈妈。’”

每个礼拜日她都下楼吃午饭，我们每周一次让她和我们在一起，让她有机会学习礼貌和举止。米尔森顺道来串门，我们正在讨论政治议题。我很感兴趣，把自己的盘子推到一旁，我俯身向前，胳臂搁在餐桌上。多萝西娅有一个习惯：高声地自言自语，就算是阿德尔菲的爱情场景也盖不住她的声音；我听见她说：

“我必须坐得笔直。我一定不能胳臂支着餐桌那样趴着。只有平凡而粗俗的人才那么干。”

我看着对面的她；她非常端正地坐在那里，看上去像在凝视着一千英里之外的什么东西。我们所有人全都懒洋洋地地东倒西歪！我们都僵硬地坐直了，谈话再也提不起兴致。

当然，那孩子走了之后，我们都拿这事当笑话。但不知怎么的，它似乎不是我们的笑话。

我希望我能回忆起自己儿时的情景。我真的很想知道，孩子们究竟是不是像他们看上去的那样笨。

奴役之乐

我书房的窗户俯瞰着海德公园，从塔楼上看人生的缩影在底下往来穿梭，常常让我觉得果真是——借用每份新杂志发行时人们熟悉的承诺——寓教于乐。公园的大门刚打开，站街女便悄悄溜了进来。她那份令人不齿的工作暂时结束了。在这个寒冷的黎明，她瑟缩着，走向短暂的休息。可怜的奴隶！被诱骗到平底船的底舱，然后用铁链锁在那里。文明，被人欺骗的傻瓜，他们说有这样的需要。你充当了东区小镇的狗。但至少在我看来，我们大可不必朝你吐唾沫。回你的狗窝去吧。或许，如果诸神仁慈的话，他们可能让你梦见一个干干净净的壁炉，你脖子上戴着个银项圈躺在壁炉旁。

接着走来了劳工——伐木挑水的苦工——他无精打采地去上班；睡意依然紧贴着他沉重的眼皮，他那少量的食物裹在一块破抹布里随身携带着。大本钟传来了第一声报时的叮当声。快点，你这个奴隶，以免监工的皮鞭落在你很有忍耐力的后背上："出去，我们这里没有赖床的懒鬼。"

再接着是工匠，肩上背着他的一袋工具。他也心惊胆战地听着钟声。因为也有皮鞭高悬于他的头顶。

跟在后面的是商店里的男女店员，他们一边走一边抓紧时间谈情说爱。再后面是在写字桌旁和仓库里干活的奴隶，雇主和雇员，职员和生意人，勤杂工和贸易商。各就各位吧，各个阶层的奴隶们，挑起你们的重担吧。

现在，欢笑吵闹一路飞奔的是孩子们，是这些奴隶的儿女们。勤奋点，小家伙们，要刻苦学习，准备有朝一日从我们手里接过嘎吱作响的船桨，在轰鸣的织机旁坐到我们的座位上。因为我们不可能永远像奴隶一般地干活，孩子们。那是这个国家的善法。在平底船上，在田间地头，辛苦劳作这么多年；然后我们就有权要求得到自由了。接下来我们将离去，回到我们出生的土地。我们必须把你们留下来，继续我们的工作。因此，上学去吧，孩子们，学着做一个很棒的小奴隶。

接着走来了那些傲慢自负、油头粉面的受过教育的奴隶——记者、医生、法官和诗人；律师、艺术家、演员和牧师。他们同样急匆匆地走过海德公园，时不时地焦虑不安地看看他们的表，生怕自己的约会迟到；一边琢磨着该缴纳的税赋，该支付的女帽款，以及该清偿的账单。遭受鞭打最厉害的，大概是这些奴隶。专门保留给他们的九尾鞭有五十股，而不是两三股。干活吧，你这个更高级的中产阶级奴隶，否则你就要沦落到抽两便士一支的雪茄；卖力一些，要不你就只能喝一先令的红葡萄酒；再卖力一些，不然你就会失去你的马车，搭乘一便士的公交，你老婆的裙子将会是去年的款式，你裤子的膝盖部位将会鼓出变形，要是你积攒的砖块总数不够的话，你将会从肯辛顿区被放逐到基尔本区。噢，一条多股皮鞭是专门保留给你的，我温文尔雅的兄弟。

上流社会的奴隶紧接着从我的窗下走过。他们身上的穿戴和头上的鬈发都费尽了心机。这些人是身穿制服、娇生惯养的男仆，养他们更多的是为了装门面，而不是派上用场；但他们毫无意义的工作对他们来说同样是劳动。他们必须每天来这里，高兴也好，难受也罢。他们必须走这条沙砾小道，而不能走别的路；他们互相交谈的时候应当使用这些措辞。在一个小时的时间里，他们必须骑着自行车在海德公园角与杂志社之间缓慢地来回。他们必须穿这些衣服，戴这种颜色的手套，系这种图案的领带。下午，他们还要回来，这一次是乘坐马车，穿另一种制服，在一个小时的时间里，他们必须排着愚蠢的队列缓慢地来回走过。晚餐时他们必须换上另一种制服，晚餐之后，他们必须在沉闷乏味的社交聚会上闲站着，疲倦而无聊，感觉得脑袋就要从肩膀上掉下来。

随着傍晚的到来，奴隶们下班回家了：出庭律师们在琢磨着雄辩的上诉状；学童们用功地读着他们卷角的课本；实业家在构想着他们的计划；穿着杂色彩衣的小丑绞尽他们那点可怜的脑汁，极力想出新的俏皮话来取悦他们的主人；商店的男女店员这会儿默不作声，拖着沉重的脚步往家里走去；接着是那个工匠，那个苦工。奴隶们，你们有两三个小时属于你们自己，可以想，可以爱，可以玩，只要你们还没有累到不能想，不能爱，不能玩。然后，钻进你们的草褥里吧，准备明天继续干活。

夜色渐深，那个站街女回来了。像影子一样，她总是躲开伦敦城的白天。到了收工的时间。邪恶从它一直凝视的地方正悄悄地走近。

我们就是这样劳作，被那根必要性的皮鞭所驱使，一支奴隶大军。如果我们不干活，那根皮鞭就会落在我们身上；只不过我们感受到的痛苦，是在我们的肚子里，不是在我们的后背上。由于这个，我们称自己是自由人。

我们当中有少数人勇敢地拼搏，试图获得真正的自由；他们是游民和被社会遗弃的人。我们这些循规蹈矩的奴隶，对他们避之唯恐不及，因为在这个世界上，自由换来的报应是害虫和饥饿。我们只有把项圈套上我们的脖子，才能过上还算体面的生活。

有时候，有人问自己，为什么要这样没完没了地劳作？为什么要这般建造房屋、烹饪食物、缝制衣服？蚂蚁把毕生的精力花在挖掘和储藏上，腾不出时间来歌唱，难道就因为这个，它就比蚱蜢更令人羡慕吗？为什么有这样一种复杂的本能，驱使我们从事数不清的劳作，以满足数不清的欲求？为了给我们自己提供玩具，我们把这个世界变成了一个工场。为了购买奢华，我们卖掉了我们安逸。

噢，以色列的孩子们啊！为什么不满足于你们的荒野呢？那似乎是一片模范荒野。提供给你们的，是简单而有益健康的食物，而且都是现成的。你不用操心租金和税收；你们当中没有穷人——也没有征收穷人救济税的人。你不会患上消化不良，也不会患上饮食过量所带来的上百种疾病。每人一欧麦是你分配的定量，不多不少。你都不知道你有一个肝。医生们不会用他们的理论、他们的物理学和他们的账单来烦扰你。你既不是土地所有者，也不是承租人，既不是股票持有人，也不是债券持有人。你既不在乎天气预报，也不操心市场报告。律师对你来说闻所未闻；你不需要法律方面的咨询，你和邻人之间没有任何争执。你没有任何财富可能受到虫蛀和生锈的损害。你每年的收入和支出你知道能够百分之百地平衡。你的老婆孩子都会衣食无忧。你的晚年不会让你担忧；你知道你始终有足够的资源让你生活得很舒适。你的葬礼简单而得体，将会由部落提供。然而，可怜的傻孩子，刚刚走出埃及人的砖场，你还是不满足。你渴望肉锅，非常清楚地知道肉锅需要什么：洗刷肉锅，锻造肉锅，砍柴烧火煮沸肉锅，饲养牲畜装满肉锅，种植草料喂养装满肉锅的牲畜。

我们毕生的一切劳作都围绕着我们的肉锅。在肉锅的祭坛上，我们牺牲了我们的闲暇，以及我们的精神安宁。为了一份肉汤，我们出卖了我们与生俱来的权利。

噢，以色列的孩子们啊！当你们在荒野里竖起那尊金牛犊并拜倒在它的面前大声呼喊“这就是我们的神”时，你们难道没有看出，你们正在给自己准备漫长的惩罚。

你们会有牛肉。你们从未想过人为了牛肉而付出的代价吗？金牛犊的奴仆啊！我看到了你们，在我的面前延伸，疲惫的人群一眼望不到头。我看到他们在矿井里辛苦劳作，脸上淌着漆黑的汗水。我看到他们在暗无天日的城市里，默不作声，满脸阴郁，弯腰俯身。我看到他们在大雨滂沱的田地里瑟瑟发抖，扭作一团。我看到他们在火热的炉膛前喘着粗气。我看到他们缠着腰布，套着项圈，头上顶着沉重的负荷。我看到他们穿着蓝色和红色的外套，齐步走到金牛的祭坛面前，倾洒自己的鲜血作为献祭。我看到他们穿着粗布和细平布衣服，我看到他们穿着工作服和长筒靴，我看到他们戴着便帽、系着围裙，这些金牛的奴仆。他们云集在陆地上，他们散落在大海上。他们被拴在铁砧和柜台旁，他们被拴在工作台和写字台旁。他们准备好土壤，他们耕作金牛诞生的土地。他们修造船只，驾驶着装载金牛的船杨帆出海。为了把金牛端上餐桌，他们打造壶罐，他们铸造平底锅，他们雕刻餐桌，他们车削椅子，他们梦想着调味汁，他们挖井采盐，他们编织锦缎，他们锻造盘碟。

这个世界上的劳作就是为了这个目的，也就是我们要吃掉这头金牛。战争和商业，科学和法律，它们不就是支撑这头金牛的四根柱子吗？它是我们的神。我们正是骑在它的背上走出了原始森林，我们的祖先曾在那里吃着坚果和水果。它是我们的神。它的神庙建在每一条大街上。它那位身着蓝袍的祭司一直站在神庙的门口，叫人们去祭拜。听啊！他的声音在煤气污染的空气中升起："轮到你们啦，轮到你们啦！买吧，买吧！你们这些人。把你们额头的汗水拿到这里来，把你们头脑的汗水拿到这里来，把你们心脏的疼痛拿到这里来，用它来买小牛肉吧。把你生命中最好的年华交给我。把你的思想、你的希望、你的爱交给我；我给你们小牛肉作为交换。轮到你们啦，轮到你们啦！买吧，买吧！”

噢，以色列的孩子们啊！小牛肉，即使加上它所有的装饰品，真的值这个价钱吗？

我们这些人，千百年里究竟学到了什么样的智慧？前些天晚上我跟一位富人有过一次交谈。他自称是个金融家，且不管这个名号是什么意思吧。不分寒暑，每天他独自一人匆匆吃过早餐，八点差一刻，正当他的客人们还在睡觉的时候，他便离开了他位于伦敦城外约二十英里处的漂亮住宅，回来的时候，刚好是换上衣服去享用精美晚餐的时刻，但他太累，或者是太过专注，顶多只能碰一碰晚餐。如果有人说服他给自己放个假的话，那也是在拥挤不堪、很不舒服的时候去奥斯坦德待上两个礼拜。他带着秘书同行，每天要收到和发出上百封电报，还让人在他的卧室里安装了一部私人电话，可以直接跟伦敦通话。

我想，电话确实是一项很有用的发明。一些生意人告诉我，要是没有电话，他们真不知道该怎么打理他们生意上的事。我本人倒是一直很想知道，任何有着平常的人类感情的人，要是在电话的一百码之内，如何打理他的事务。我能够想象，约伯、格里塞尔达或苏格拉底，可能喜欢有身边一部电话，作为锻炼。特别是苏格拉底，没准会缴上三个月的电话费，从而给自己赢得很大的名声。至于我自己，我或许太敏感了。曾经有一个月的时间，我生活——如果那也能叫生活的话——在一间装有电话的办公室里。有人告诉我，如果我能再坚持使用那玩意儿两三个月的话，我就会习惯它。据我所知，我的几个朋友——他们都是一些大胆而勇敢的人——如今总是站在他们自己的电话机前，一站就是一刻钟，甚至不作任何应答。他们告诉我，起初，他们总是像我一样，对着电话破口大骂，又喊又叫；但现如今，他们的精神似乎被彻底击溃了。就这么回事：要么你砸碎电话，要么电话砸碎你。你想去看看两条街之外的某个人。你完全可以戴上帽子，五分钟内走到他的办公室。动身的那一刻，电话抓住了你的目光。你寻思应该给他打个电话，确定他在不在。你打了五六次，也没有任何人理睬你。对于这种疏忽，你怒火中烧。你丢下电话，坐了下来，给电话公司写一封措辞尖锐的投诉信，这时候，电话打回来了。你抓起听筒，大声喊道：

“我打电话时怎么没有人应？半个小时里我一直在打。我打了二十次了。”（这是假话。你只打了六次，“半个小时”也是一种荒谬的夸张；但你觉得，在这样的场合不值得说出纯粹的事实）“我认为这很不光彩，”你继续说道，“我要向你们公司投诉。如果打电话时没有人应，我装部电话又有何用？装这玩意儿我花了一大笔钱，可没有人理我。整个上午我一直在打电话。为什么会这样？”

随后你等着对方回答。

“什么——你说什么？我听不清你的话。”

“我说我已经打了一个多小时的电话，没有任何回应，”你回答说，“我要向公司投诉。”

“你要什么？别站得离话筒太近。我听不清你说什么。什么号码？”

“见鬼的号码！我说我打电话时为什么没有人应？”

“八〇〇多少？”

接下来就再也不能吵下去了。再这样下去，你一肚子想要说出的话准会让那部电话机垮掉。你感觉到到满腔怒火，大概只要一半的怒火，就足以在电话线某个薄弱的地方引发一场爆炸。实际上，任何纯粹的语言，都满足不了这种情况下的需要。要想传达你此时此刻想要表达的意思，唯一的媒介是一柄斧头和一把枪。于是你放弃了试图回应的任何努力，温和地提到你想跟四五七六通话。

“四九七六？”电话那头的姑娘问。

“不，是四五七六。”

“你说的是七六还是六七？”

“七六——不！我说的是六七：不——等会儿。这会儿我也搞不清我说的是什么。”

“嗯，希望你找出那个号码，”那个年轻姑娘厉声说道。“你让我一个上午都守着这部电话了。”

于是你再次看了看电话簿上的号码，终于，她告诉你已经接通了，随后，你把听筒紧贴着耳朵，站在那里等待着。

如果说有什么事情最滑稽可笑的话，莫过于一个人踮着脚站在墙角落里，捧着个装置紧贴着脑袋，专心致志地听着，却什么也听不到。你的后背疼痛，你的脑袋疼痛，就连你的头发都疼痛。你听到身后的门打开了，有人走进了房间。你没法回头。你骂骂咧咧，听到门砰地一声关上了。关门声立即让你想到，那十有八九是亨丽埃塔。她答应十二点半来找你：你要带她去吃午餐。当你愚蠢到让自己跟这台恶魔般的机器纠缠不清时，已经十二点了，眼下大概已经十二点半了。你过去的生活浮现在你的面前，伴随着对祖母的模糊记忆。你很想知道，你在这一姿势下还能承受多久，你究竟是不是真的想去见那个仅仅隔着两条街的人，正当此时，电话交换台的那个姑娘呼叫你，想知道你是不是已经通话完毕。

“通话完毕！”你怒气冲冲地回嘴道，“怎么啦，我还没开始呢。”

“好吧，那你快点，”她说，“因为你在浪费时间。”

受到这样的告诫之后，你再次把那玩意儿痛骂了一顿。“你在吗？”你大喊，那声调应当能让慈善事务专员为之动容；接下来，噢，幸好！噢，谢天谢地！你听到微弱的人声答复道：

“在啊，什么事？”

“哦！你是四五七六吗？”

“什么？”

“你是不是四五七六，威廉森？”

“什么！你是谁？”

“我是八幺九，琼斯。”

“彭斯？”

“不是，是琼斯。你是四五七六吗？”

“是啊，什么事？”

“威廉森先生在吗？”

“怎么啦——你是谁？”

“我是琼斯！威廉森先生在不在？”

“谁？”

“威廉森。威——廉——森。”

“什么人的儿子？我听不清你在说啥。”

于是，你打点起精神，做最后的努力，总算以超出常人的耐性，让那个蠢货搞明白了，你想知道威廉森在不在，他说（至少在你听来是这样说的）：“他整个上午都在。”

于是你抓起帽子，跑了出去。

“哦，我来见威廉森先生。”你说。

“很抱歉，先生，”那小子彬彬有礼地答道，“他出去了。”

“出去了？为什么，你刚才通过电话告诉我，他整个上午都在。”

“不，我说的是‘他整个上午都不在’。”

你回到自己的办公室，在电话面前坐了下来，看着它。它就挂在那儿，沉着而冷静。假如它是一件普普通通的器具，此刻就是它的末日了。你会径直下楼，抄起那把采煤风镐和烧火棍，把它砸成碎片，给伦敦城的每个人分上一片。但你对这些带电的玩意儿感到紧张，那部带有黑乎乎的小洞和拳曲电线的电话，有某种东西让你畏缩不前。你突发奇想：要是你没有恰当地操作它的话，就会有什么东西来电击你，随后还会有一次烦人的司法调查什么的，于是你只好对它骂骂咧咧。

那就是你想要使用电话时你这一头所发生的事情。但这还不是电话所能做到的最糟糕的事情。一个明智的人，在有了一点点经验之后，可以学会对那玩意儿敬而远之。你最大的麻烦并不是你自己制造的。你正在争分夺秒地工作；你已经得到指示：不要被其他事情所打扰。或许那是午餐之后，你正闭着眼睛在思考，好让你的思绪不被房间里的物品所干扰。不管是哪种情况，你都不想离开自己的椅子，正当此时，电话铃响了，你从椅子上一跃而起，一时间搞不清楚自己是被子弹击中了，还是被炸药炸飞了。软弱中你突然想到，要是你坚持不理睬，铃声或许会厌倦，不再打扰你。铃声每隔十秒钟剧烈地响起。手头又没有什么东西把你的脑袋裹起来。你想最好还是把这事处理掉，一了百了。你自己找死，朝电话那头猛喊：

“什么事？你想干什么？”

没人回答，只有混乱的嗡嗡声，其中清晰地传出两个男人对骂的声音。他们使用的语言很不体面。电话似乎特别适合传达亵渎神明的言辞。通过电话，平常的语言听上去含糊不清；但这两个人所说的每一个字，伦敦城所有的电话用户都能听得一清二楚。

试图一直听到他们骂完毫无意义。等到他们筋疲力尽时，你再次拿起话筒。没有人应答。你疯了，变得尖酸刻薄起来；而你实在搞不清电话那头是不是有人听，这个时候，仅仅尖酸刻薄并不能令人满意。终于，在你说了大约一刻钟“你在吗”

之后，电话那头总算传来了“是的，我在”。“怎么了？”交换台的年轻女士问你想要什么。

“我啥也不想要。”你答道。

“那你干吗一直说个不停？”她回了一句，“这东西可不是用来玩的。”

这话让你一时间气得说不出话来，回过神来之后，你解释有人给你打电话。

“谁给你打电话？”她问。

“我哪里知道。”

“希望你知道。”她说。

你烦透了，啪的一声挂上听筒，回到自己的椅子上。就在你刚刚坐下的那一刻，铃声再次响起。你跳了起来，很想知道他们到底想要什么，他们到底是谁。

“别那么大声，我们听不清。你想要什么？”对方答道。

“我啥也不想要。你想要什么？你为什么打电话给我，然后又不吱声？行行好，别来烦我了。”

“七十四的价格我们拿不到香港货。”

“好吧，我不操心你拿不拿得到。”

“你要祖鲁货吗？”

“你在说什么？”你答道；“我不明白你的意思。”

“你要祖鲁货吗——七十三点五？”

“一便士六个我也不要。你在说什么？”

“香港货——七十四的价格我们拿不到。哦，等一会儿。”

一会儿之后“你在吗?”

“在，但你找错人了。”

“我们可以按七十四又八分之七的价格帮你拿到香港货。”

“去他妈的香港货，你也去他妈的。我告诉你，你找错人了。我已经跟你说过一遍了。”

“你是谁?”

“我是八幺九，琼斯。”

“哦，你不是幺九八?”

“不是。”

“噢，再见。”

“再见。”

这番折腾之后，你怎么能开开心心地坐下来写欧洲危机呢?再者说，如果有必要的话，这里还有一项针对电话的指控。我参与过一场争论，即使其本身并不严肃，但至少涉及一个足够严肃的主题，这就是人类财富的性质:它并不能给人带来满足。无意中瞥见“电话”这个词，诱使我丢下那场高度道德性的讨论，转而写下上述文字，它唯一的作用可能就是惹得“新幽默”的批评者们勃然大怒，这本书兴许会落入他们的手里，这真是报应。算了，还是不要跑题，回到我的说教上来吧，或者更准确地说，回到我那位百万富翁朋友的说教上来。

那是一天的晚餐之后，我们一起坐在他那间布置得富丽堂皇的餐厅里。我们就着银灯点着了我们的雪茄，管家躬身退出了。

“我们抽的这些雪茄，”我的朋友突然说，似乎没什么特别的意图，“每支五先令，我一买就是一千支。”

“我完全相信，”我答道，“它们值这个价。”

“没错，对你来说是这样，”他答道，语气几乎有些粗暴，“你平时抽的雪茄多少钱？”

我们已相识多年，第一次见到他的时候，他的事务所是一间里屋，向上要走三段楼梯，位于河岸街旁边一条肮脏的小巷里，这条小巷如今已经消失不见了。那些日子，我们偶尔在大波特兰街的一家餐馆里一起吃个饭什么的，每顿一先令九便士。以我们之间的交情，提这样的问题倒也不算唐突。

“三便士，”我答道，“整盒买的话，算起来大约是两便士三法新[①]。”

“正是这样，”他吼道，“你那两便士三法新一支的雪茄给你带来的满足，和这支五先令的雪茄给我提供的满足完全一样。这意味着我每抽一支就浪费了四先令九便士一法新。我每年付给我的厨子两百英镑，可吃起来还不如过去那么香，那时候一顿饭四先令，还包括四分之一瓶基安蒂红葡萄酒。就个人而言，去办公室乘坐双驾马车或公共马车对我来说又有什么不同呢？我经常坐公共马车，很省事。一辆公共马车驶过你的门前，售票员隔着几码远的距离招呼你上车，这个时候再浪费时间去找你的马车夫实在荒唐。从前，就连公共马车我也坐不

① 法新，英国 1961 年以前使用的旧铜币，等于四分之一便士。

起——那时候我总是从汉默史密斯步行去办公室——我的身体更健康。想到我这么卖力地工作却没给自己带来任何实际的好处，真叫人恼火。我的钱让很多我毫不在乎的人高兴，他们跟我交朋友，只不过是希望从我这里得到点什么。如果我每晚吃一百几尼①的晚餐，所得到享受像我从前吃五先令的晚餐一样，倒也还是有些意义。可我干吗要这么做呢？”

之前我从未听他说过这样的话。兴奋中，他从桌旁站起身来，开始在餐厅里踱步。

“我为什么不把自己的钱投入在百分之二点五的收益率上？”他继续说道，“这样至少可以确保一年五千英镑的收入。归根到底，究竟是什么让一个人想要更多呢？我总是对自己说，我得这么干；可我为什么要这么干呢？”

“是啊，为什么呢？”我附和道。

“这正是我想要你告诉我的，”他答道，“你自以为了解人性；对我来说，人性是一个谜。处在我这个位置上，你也会像我一样，你知道这一点。要是明天有人交给你十万英镑，你会办一份报纸，或者建一家剧院——得有某个愚蠢的鬼把戏让你花掉这笔钱，并让你一天十七个小时紧张不安；你知道你会这么干。”

我羞愧地低下了头，感觉到这一指控是公正的。办一份报纸，开一家剧院，这些一直是我的梦想。

---

① 几尼：英国 19 世纪的货币；1 几尼约等于 21 先令。

"如果仅仅只是为了我们能够花掉的那点钱而工作，"他继续说道，"伦敦城明天早晨就可以关门歇业。归根到底，我所追问的是这样一种本能，正是这种本能，驱使我们明显是为了工作而工作。这个骑在我们背上、不断鞭策我们的古怪东西究竟是什么？"

话音未落，一个仆人走了进来，拿来了他在奥地利的一座矿井的经理发来的电报，他丢下我不管，独自去了书房。回家的路上，我边走边琢磨他的话。为什么要这样没完没了地工作？为什么我们每天早晨起床，洗漱穿衣，到晚上又脱下衣服，爬上床去？为什么我们仅仅为了挣钱买食物而干活，而吃掉这些食物是为了获得力气再干活？为什么我们活着，到头来却只是为了互相说再见？为什么我们为了把孩子们带到这个世界上而辛苦劳作，而他们还是要死去，并被埋葬？

我们疯狂的努力奋斗，我们充满激情的渴望，又有何用？曾几何时，巴达霍斯的城垛上方飘扬的是米字旗还是三色旗，对那个时代来说又有什么关系？然而，为了决定这个问题，我们不惜血流成河。在冰河期再次降临、地球重归于阒寂的日子里，谁的足迹最早踏上极地又有什么要紧？然而，一代接一代，我们用我们的皑皑白骨铺满了通往极地的道路。我们的身上很快就爬满蛆虫，是爱是恨又有何干？然而，热血在我们的血管里奔涌流动，为了一些渺茫的希望，我们殚精竭虑，身心俱疲，而当我们奋力向前，希望却变得越发渺茫。

花蕾挣脱心皮，奋力向上，从地里汲取甜美的汁液，每夜合拢花瓣，沉入睡眠。然后，爱以一种奇特的形式降临在它的身上，它渴望把自己的花粉与其他花的花粉混合起来。于是它绽放了绚丽的花朵，四处漫游的昆虫在不同的心皮之间传递信息。春去秋来，季节带走了阳光和雨露，直至花朵凋萎。它从不知道它活着的真正目的，以为花园是为它而建。珊瑚虫以它细小的心灵——那大概是它细小的胃，梦想着家园和食物。因此，它在黑暗的深海里工作和奋斗，却从不知道它正在打造大陆。

但问题依然在那儿：这一切究竟是为了什么目的？科学向我们作出了解释。通过代复一代的斗争和努力，我们改进了人类种族；从以太到猴子，最后诞生了人。因此，通过未来代复一代的艰苦劳作，人类将进一步摆脱兽性。通过悲痛，通过奋斗，凭借心血和汗水，人类将朝着天使的方向不断提升自己。他将进入他的王国。

可是，为什么要不断建造？为什么要经历无数年代的流逝？他为什么不一生下来就是他想要成为的神，出生时便充满了祖先们毕生获得的能力？为什么我是皮克特人和匈奴人？为什么我——我自己的后代，我将视之为野蛮人——将在我之后出现？如果宇宙服从无所不能的造物主的安排，为什么有原生质细胞？为什么人不是他终将成为的样子？难道世世代代的人都是在浪费他的生命？我难道只是为他准备的另一层土壤？

或者说，如果我们的未来在其他的星球，那为什么需要这颗行星？难道我们为之劳作的是一项大到我们无法理解的工程？难道我们的激情和渴望不过是用来驱使我们的鞭子和缰绳？看来，任何理论都比下面这个想法更加乐观：我们所有热切渴望、烦躁不安的生活都只不过是在制造一个毫无用处的囚牢怪人。隔着一段我们的昏花老眼所能穿透的短短距离，回望过去，我们发现了什么？文明，我们精心构建起来的文明，已经被扫到一边，丢失了。人们为之而活、为之而死的信仰被证明不过是一堆笑料。故希腊人的艺术被哥特人的大头棒砸得粉碎，化为尘埃。一个拿破仑便把博爱的梦想淹死在血泊中。留给我们的只剩这样一个希望：工作本身——而非结果——才是真正的丰碑，除此之外还有什么？或许，我们就像孩子一样问道："这些课程有什么用？它们对我们会有什么好处？"但总有一天，孩子会懂得他为什么要学语法和地理，到那时，就连日期对他来说也有意义。但是，只有等他离开学校、走进更广阔的世界之后，才会有这样的认识。因此，或许等我们稍稍长大一些，我们也会开始明白我们活着的理由。

对付女人

我曾经跟一个女人谈到蜜月这个话题。我说："你建议是度一个漫长的蜜月，还是周六到周一去某个地方兜一圈？"她陷入了沉默。我猜，她与其说是在酝酿回答，不如说是在回首往事。

"我会建议度一个漫长的蜜月，"她终于开口答道，"那种老式的蜜月。"

"为什么？"我问，"我认为时代的趋势是把这种东西削减得越来越短。"

"时代的趋势，"她答道，"是极力逃避很多事情，而更明智的做法是面对它们。我自己觉得，好也罢坏也罢，事情结束得快越好——男人和女人了解得越快越好。"

"什么事情结束得越快？"我问。

如果说这个女人有什么缺点的话——对此我殊无把握——那就是她喜欢打哑谜。

"我忘了是哪个古老的民族，他们当中不是有一个习俗吗？"她说，依旧注视着窗外湿漉漉的闪亮街道，"习俗规定，当彼此相爱或者自认为相爱的一男一女结合在一起的时候，他们应当在新婚之夜去到神庙。祭司领着他们走进神庙里黑暗的幽深处，经过很多弯弯曲曲的通道，直至来到神谕所在的大厅。祭司把他们留在那里，笨重的大门在他身后哐的一声关上。在那里，独自在寂静中，他们供奉他们的献祭。那天夜里，神谕对他们开口说话，向他们展示他们未来的生活——他们的选择是不是正确，他们的爱情是死是活。早晨，祭司回到那里，把他们领回到光天化日之下。他们和伙伴们生活在一起，但不允许任何人向他们提问，就算有人问，他们也不能回答。噢，你知道，我们十九世纪的蜜月视选择或必要性的不同，要么在布赖顿，要么在瑞士，或者在拉姆斯盖特度过，但在我看来，不过是另一种形式的神庙之夜，单独在那尊早已被人遗忘的神祇的祭坛前度过。我们的青年男女结婚，我们亲吻他们，祝贺他们，站在门阶上朝他们扔稻米和旧鞋，在他们身后大声说一些良好的祝愿。新郎向我们摆了摆戴着手套的手，新娘从马车的车窗里挥舞着她的小手帕。我们注视着他们的笑脸，聆听着他们的朗朗笑声，直至他们拐过街角，消失在我们的视野里。接下来，我们各忙各的事。不长的一段时间过去，有一天，我们再次遇见他们，他们的面孔变得更苍老，更严肃；我一直很想知道，在他们从我们的视线中消失的那一段不长的时间里，神谕告诉了他们什么。当然，谁也不会问他们。就算我们问了，他们也不会如实回答。”

我这位朋友笑了，离开了窗户，走到她的茶具旁边坐下，其他的客人陆续进来，我们开始谈起了绘画、戏剧和人生。

但我觉得，仅仅遵照她一个人的建议行事并不明智，虽说我一向很看重她的意见。

女人对待生活太过严肃。老天晓得，生活对我们大多数人来说是一件严肃的事。正是由于这个原因，我们最好不要太过严肃地对待生活。

小杰克和小吉尔摔倒在小山上，伤到了他们的小膝盖和小鼻子，把他们劳心费力打来的水泼洒掉了。我们处之泰然。

“噢，别哭!”我们对他们说，“那很孩子气。小男孩和小姑娘必须学会承受痛苦。爬起来，把水桶重新装满，再试一把。”

小杰克和小吉尔用他们的脏手擦了擦小眼睛，可怜巴巴地看着他们流血的小膝盖，拿着水桶往回跑。看着他们的背影，我们笑了，但并没有恶意。

“可怜的小家伙，”我们说，“他们多热闹啊！你还以为他们差点儿送命呢。其实不过是擦破了点头皮而已。孩子们真是小题大做!”我们对小杰克和小吉尔的摔倒毫不在意。

但是，说到我们——长大了的杰克，胡子已经花白，以及长大了的吉尔，眼角上开始出现淡淡的“鱼尾纹”——当我们摔倒在小山上，我们的水桶泼洒殆尽时，天啊！那该是多大的悲剧！日月无光，山河失色。杰克先生和吉尔小姐下山时——至于他们在山上干啥，我们不会打听——绊倒在一块石头上，想必是宇宙的邪恶力量把这块石头放在了那里。杰克先生和吉尔小姐那愚蠢的脑袋上肿起了大包，杰克先生和吉尔小姐那小小的心灵受到了伤害，惊讶地站在那里：面对这样的灾难，世人竟然还能各忙各的事。

别把这事儿看得那么严重，杰克和吉尔。你们泼掉了你们的幸福，你们必须再次上山，辛苦劳作，重新装满那个水桶。下一回要更小心地把它抬下山来。你们这是在干什么？我敢断定，是在玩某种蠢人的花招。

一阵朗笑和一声轻叹，一个亲吻和一声再见，这就是我们的生活。犯得着这样自寻烦恼吗？总的来说算得上快乐的一生。勇敢点，伙计。一场战斗，不可能全都是鼙鼓铜琶，饯酒壮行。行军打仗也是题中应有之义。葡萄园中有愉快的露营，营火周围有欢乐的夜晚。白皙的纤手挥舞着欢迎我们的到来，明亮的双眸黯然面对我们的离去。你想逃离战斗的音乐吗？你又有什么可抱怨的呢？前进吧：有人得到勋章，有人得到外科医生的手术刀。而迎接我们所有人的，迟早是六尺黄土，万山苍茫。你害怕什么呢？勇敢点，伙计。

短吻鳄舒适地晒着太阳，心满意足，笑度平生；而敏感好斗的喇嘛，一言不合便决心以死相拼，他们战战兢兢地度过一生。这两者之间，应当有一条中庸之道。要想像一个男人那样承受生活，就得像一个男人那样感悟生活。达观的朋友啊，看到一位兄弟站在他孩子的棺材旁，不要试图用一个乐观的暗示来安慰他，说什么百年之后一切照旧，因为，首先这个说法并不正确：人永远在变——大概越变越好，不过千万别画蛇添足把这话说出来。脖子里卡着一颗子弹的士兵和过去的他并不完全一样，但他能说能笑，酒照喝，马照骑。时不时地，遇到不好的天气，病痛就会降临在他身上。你会发现他躺在某个黑暗角落里的一张长榻上。

“嗨！老伙计，怎么啦？”

“哦，只是一阵剧痛，旧伤了，你知道的。过会儿就好了。”

静静地关上那个黑暗房间的门吧。我要是你，我甚至不会留下来对他表示同情。很快就会有人来拧紧棺材盖。我想，在此之前他只想一个人待着。我们把他留在那里吧。过些日子他会回到俱乐部里来。有一阵子，我们或许不得不让他十个点，但他很快就会恢复他的老样子。时不时地，当他遇见其他伙伴的孩子在纤道上大喊大叫时，当布朗拿着报纸冲上车道、告诉他吉姆那个小混蛋赢得了十字勋章时，当他恭喜琼斯的长子以优异的成绩通过了考试时——旧伤或许还会给他带来一阵烦人的剧痛。但疼痛总会过去。他还会对我们的故事哈哈大笑，给我们讲述他自己的故事。饭照吃，牌照打。那不过是一道伤而已。

汤米决不可能是我们的；詹妮并不爱我们。我们喝不起红葡萄酒，于是只能喝啤酒。好吧，你要我们怎么办？是啊，让我们诅咒命运之神吧，就这么定了；有什么东西可以诅咒总是好事。让我们痛哭流涕，让我们扼腕长叹——多久呢？晚餐铃声马上就要响了，史密斯夫妇要来了。我们将不得不谈论歌剧和画廊。快点，科隆香水在哪儿？卷发钳在哪儿？或者，你是不是想我们自杀？值得吗？只要再过几年——或许是明天，借助一块橘子皮或一定破碎的烟囱管帽——命运之神就会省去我们的所有麻烦。

或者，我们难道应该像生气的孩子，日复一日地闷闷不乐？我们是伤心欲绝的小杰克，小吉尔。我们再也不会笑了，我们暗自憔悴，抑郁而死，在春天里被人埋葬。世界是悲哀的，生活如此残酷，天国如此寒冷。噢，亲爱的！噢，亲爱的！我们在伤害自己。

我们为每一阵疼痛呜咽啜泣，悲嗥哀鸣。在从前那些强壮的日子里，人们每时每刻面对真正的危险，真正的麻烦；他们没有时间哀哭。死亡和灾祸一直就在门口。人们鄙视它们。如今，在每一幢温暖舒适、保护严密的别墅里，我们着手把皮肉刮擦夸张成严重创伤。每一阵头痛都成了剧痛，每一阵心痛都成了悲剧。在《哈姆雷特》中，用上了一个被杀的父亲、一个溺水而亡的情人、一个名誉扫地的母亲、一个鬼魂和一个惨遭杀戮的首相，这才制造出强大的情感力量，而一个末流的现代诗人，却从女歌舞演员的皱眉蹙额或股市的一次暂时暴跌中获取这样的情感力量。像古米奇太太一样，我们的感触更多。生活变得越轻松、越安逸，我们出门迎接它时便越严肃。尤利西斯的船夫们以同样快乐无忧的欢迎态度，面对电闪雷鸣和晴天丽日。我们现代的水手已经变得越来越敏感。阳光烤焦了我们的皮肤，大雨让我们伤风感冒。我们用大声的自怜自艾来面对它们。

想到这些，我又去找另一个朋友——他轻松活泼的常识常常给我很大的帮助。我同样向他询问了关于蜜月的话题。

“亲爱的小家伙，”他答道，“听我一句忠告：要是你什么时候结婚的话，务必把蜜月安排得只持续一周，而且还得是忙忙碌碌的一周。作一次库克式的环程旅行。星期六早晨结婚，把早餐以及所有这些傻里傻气的名堂一概免掉，赶十一点十分的那趟车，从查令十字街去巴黎。星期天带她上埃菲尔铁塔。在枫丹白露吃午饭。在黄金屋吃完饭，夜里带她去看红磨坊。然后乘夜班列车去卢塞恩。星期一和星期二游瑞士，星期四早晨赶到罗马，途中观赏一下意大利的湖景。星期五去马赛，再从那里去蒙特卡洛，让她在牌桌上小赌一把。星期六一早动身，前往西班牙，骑骡子翻过比利牛斯山，星期天在波尔多歇脚。星期一回到巴黎（星期一始终是看歌剧的好日子），星期二晚上你就高高兴兴地到家了。在她习惯你之前，别让她有空余时间来对你评头论足。没有哪个男人经得住毫无保护地暴露在一个年轻姑娘的面前。蜜月是婚姻的显微镜，要不停地摇晃它，要用很多目标把它搞糊涂，要用别的兴趣点把它弄得模模糊糊。不要坐在那里纹丝不动任它仔细审视。此外还要记住，在活跃的时候，男人总是呈现出他最好的一面，而女人总是呈现出她最差的一面。让她忙乱起来，我亲爱的小家伙，让她忙乱起来：我才不操心她是谁。给她大量的行李让她照料；让她急匆匆地赶火车。让她看看那个普普通通的丈夫，他四仰八叉、舒舒服服地坐在列车座垫上，而他妻子不得不笔直地坐在留给她的那个角落里。让她听听其他男人是怎么骂人的。让她闻闻其他男人的烟草味儿。快点，让她尽快习惯于人类的视野。接下来，当她对你的了解越来越多时，她就不会那么大惊小怪了。我认识一个最优秀的伙计，就是因为一次漫长而安静的蜜月，而把自己的婚后生活弄得一团糟，不可收拾。他们去了某个人迹罕至的地方，在一间偏僻荒凉的农舍里待了一个月，附近一个人也没有，除了有上午、下午和晚上之分，别的事情什么也没发生。她有三十天时间对他进行仔细检查。当他打呵欠时——我猜，他在那一个月里想必是呵欠连连——她琢磨着他嘴巴的大小；当他把后脚跟搁在壁炉围栏上，她坐在那里思考他的脚的形状。吃饭时，她自己不觉得饿，因为没什么事情让她饥饿，她会专心致志地看着他吃；晚上，出于同样的原因，她也不觉得困，她会醒着躺在那儿，听他鼾声如雷。头一两天之后，他已经越来越厌烦说一些胡言乱语，她也听烦了（如今可以大声说出来的时候，这些话听上去就像是胡言乱语，而当初只能低声诉说时，他们都把它想象成诗歌）；迄今为止，他们尚没有共同感兴趣的其他话题，他们只能坐在那里，默不作声地注视着前方。有一天，某件小事惹恼了他，他便骂骂咧咧。要是在忙忙碌碌的铁路站台上，或者在人头攒动的酒店里，她会说一声‘哦’，然后两个人都笑了起来。在那个有回声的沙漠里，这些蠢话会陡然升起，一圈一圈地向天空扩散。那天夜里，她一直在独自哭泣，直至沉沉睡去。让她们忙乱起来，亲爱的小家伙，让她们忙乱起来。我们将更加彼此相爱，更少互相琢磨对方。蜜月是格外危险的一段时期。让她忙乱起来，亲爱的小家伙，让她忙乱起来。”

我最糟糕的蜜月经历发生在英格兰南部，那是一八——得了，还是别操心具体日期，就说是几年前吧。那时候我是个腼腆的年轻人。很多人至今抱怨我拘谨寡言，但话说回来，有些姑娘对男人的期望太多。我们大家都有各自的缺点。然而，即便在那个时候，我也不像她那么腼腆。我们要从新森林地区的林德赫斯特到文特诺去，在那年头算得上是一次十分艰难的横跨全国之旅。

“你也去真是太好了，”她姑妈星期二对我说，“明妮一个人旅行总是很紧张。你能照顾她，我就不担心了。”

我说很高兴能够照顾她，当时这是我的真心话。星期三，我去了公共马车售票处，订了两个去利明顿的座位，我们将从那里登上轮船。我丝毫没有想到有任何麻烦。

订座员是个上了年纪的男人。他说：

“我给你一个厢座和后排最边上的座位。”

我说：“哦，不能给我两个紧挨着的座位吗？”

他是一个看上去很慈祥的老人。他朝我眨了眨眼。回家时一路上我都在琢磨，他为什么朝我眨眼。他说：

“我会想办法的。”

我说：“你真是太好了，我敢肯定。”

他把手放在我的肩膀上，这让我觉得他有些放肆，但他是好意。他说：

“我们大家都去过那里。”

我想他指的是怀特岛。我说：

“这是那里一年当中最好的时候，有人这样告诉我。”那是初夏时节。

他说：“那里夏天确实不错，冬天也很好——要是它能维持下去的话。充分利用好吧，小伙子。”他拍了拍我的后背，笑了起来。

再待上一会儿他准会把我惹恼。我付了钱，离开了他。

第二天早晨八点半，明妮和我动身去公共马车站。我叫她明妮，倒不是存心无礼，而是因为我忘了她姓啥。最后一次见她想必是十年之前了。她还算是个漂亮姑娘，一双棕色的眼睛，笑之前总是朦朦胧胧。她姑妈由于头痛，并没有像她原先打算的那样跟我们一起驱车前行。她好心好意地说，她对我十分信任。

隔着老远的距离，那个上了年纪的订座员一眼就看到了我们。订座员提醒马车夫注意我们，后者把我们到来的消息告诉了聚集在那里的乘客。每个人都不再说话，等着我们。搬行李的杂役抓起他的喇叭，呜里哇啦吹将起来——几乎没法把它称作吹奏，鬼也不知道他吹的是啥。他倒是蛮用心，怎奈气不足。我想，他的本意是要欢迎我们，但听起来却有点像软弱无力的咒骂。我们后来得知，对于这种乐器，他是个初学者。

以某种神秘的方式，整个事情看上去就像是我们的一次社交聚会。订座员手忙脚乱，搀扶着明妮走下马车。有一阵我真担心他吻她。当我向马车夫问好时，他咧嘴而笑。乘客们笑了，那个杂役也笑了。两个女招待和一个侍应生走出了酒店，他们也笑了。我把明妮拉到一边，小声对她说：

“我们身上是不是有什么东西很好笑。这些家伙全都在咧着嘴笑。”

她绕着我走了一圈，我也绕着她走了一圈，都没有发现对方身上有什么好笑的东西。订座员说：

“全办妥了。我给你们两个年轻人弄到了厢座后面的两个座位。那一排要坐五个人。你们不介意坐得挤一点吧，是不是？”

订座员朝马车夫眨了眨眼，马车夫朝乘客们眨了眨眼，乘客们互相之间眨了眨眼——我说的是他们当中那些能眨眼的人——每个人都笑了起来。两个女招待笑得有点歇斯底里，不得不互相抱住对方，以免笑翻在地。除了明妮和我之外，此情此景似乎是林德赫斯特举行过的最欢乐的马车派对。

我们坐到了自己的座位上，我依然忙着要弄明白这个笑话，正当此时，一位肥胖的女士出现了，打听她的座位在哪儿。

订座员向她解释，她的座位在赶车人后面一排的中间。

“那一排得坐五个人。”订座员补充道。

胖女士看了看座位。

“五个人根本挤不下去。”她说。

像她那样的块头，五个人肯定挤不下。四个普通身材的人加上她也还是有点紧。

“那好吧，”订座员说，“你可以坐到后排最边上的那个位子。"

"没门儿，"胖女士说，"我星期一就订好了座位，你告诉我前排空无一人。"

"我来坐后排的位子吧，"我说，"我不介意。"

"你别动，小伙子，"订座员坚定地说，"别做傻事。我来收拾她。"

我很不喜欢他说话的方式，但他的语气本身很慈祥。

"哦，让我去吧，"明妮站起身来，说，"我喜欢坐后排。"

马车夫的回答是用双手按住她的肩膀。他是个大块头，她重又坐了下来。

"行了，别废话，"订座员说，然后对那位胖女士说，"你到底是坐在那排的中间，还是来后排这儿？"

"干吗不让他们当中的一个去后排？"胖女士质问道，用她的手提包指了指明妮和我，"他们说自己喜欢坐后排。那就让他们去好了。"

马车夫站了起来，对大家说话。

"把她弄到后排去，要不就把她丢下，"他指示道，"打从我十五年前驾驶这辆马车以来，夫妇俩从来就没有在这车上分开过，现在他们也不能分开。"

这一观点博得了众人的一片欢呼。胖女士这会儿已经被视为年轻人爱情梦想的毁灭者，被大家推推搡搡赶到后座去了。鞭子啪地一响，我们出发了。

这里要解释一下。我们的旅行正在六月这个蜜月时段内——对结婚来说，是全年最受欢迎的月份。六月份在新森林地区成双结对游来逛去的人当中，每三对就有两对是度蜜月的新婚夫妇；第三对是即将结婚的两口子。他们要是旅行的话，目的地准是怀特岛。我们俩都穿着新衣服。我们俩的包碰巧都是新的。由于某种不幸的巧合，就连我们俩的雨伞也是新的。我们的年龄加起来三十七岁。要是我们没有被误当作年轻的新婚夫妇，那才怪呢。

我很少经历过比那一天更惨的日子。对明妮来说——她姑妈后来这样告诉我——这趟旅行是她平生最恐怖的经历，不过话说回来，到那时为止，她的经历十分有限。她跟一个年轻的教士订了婚，而且一心一意地爱慕他；而我则疯狂地爱上了一个稍微有点胖的女孩，名叫塞西莉亚，她跟母亲一起生活在汉普斯特德。我敢肯定她那时住在汉普斯特德。我之所以记得这么清楚，是因为我每周都要步行下山，从教堂街走到瑞士小屋火车站。当你走下陡峭的山坡时，身体的全部重量全都压进了鞋子的前端，如果鞋子小两号，而且自中午以来你一直穿着它们的话，这样的事情你会记得很清楚。不过，我对塞西莉亚的所有回忆都是痛苦的，实在没有必要继续说下去了。

我们那趟马车上，装载的是一伙平庸普通的人，有些玩笑很粗俗——假如我和明妮像他们猜测的那样果真是一对新婚夫妇的话，其本身倒也无伤大雅，但即便是那样，这样的玩笑也是不必要的。我只能希望明妮听不懂这些玩笑。不管怎么说吧，她看上去好像真的不懂。

我忘了我们停在哪儿吃午饭，但我记得，餐桌上摆着羔羊肉和薄荷酱，当时的环境让大家伙儿都兴高采烈，除了我和明妮，还有那位胖女士，她依旧愤愤不平。关于我作为一个新郎的行为举止，大家众说纷纭。“他有点疏远她，”我无意中听到一位女士对她的丈夫评论道，“我倒是愿意看到他们更亲昵一些。”另一方面，我很高兴地说，一个年轻的女招待表现出了更多的矜持感。“嗯，我因为这一点而尊敬他，”她对一个酒吧女招待说，当时我们正从门厅经过，“我就不喜欢在众目睽睽之下卿卿我我。”没有一个人费心为了我们考虑而压低自己的声音。我们可能是展览会上一对获奖的鸳鸯，人们就是以这种方式公开对我们评头品足。很明显，在大多数人看来，我们是一对斗气的小两口，不愿配合完成他们的把戏。

我常常很想知道，真正的两口子该如何面对这样的情势。没准，假如我们同意“应邀”秀一把恩爱，这趟旅行剩下的时间里，大家就不会来打扰我们了。

我们人未上船，名声已经先到了。明妮恳求我让大家知道我们并未结婚。如何让大家都知道这个呢，除非要求船长把全船的人都召集到甲板上，然后对他们发表一通简短的演说，此外我想不出别的办法。明妮说，她再也受不了了，并退回到了女宾舱里。她放声哭了起来。船员和乘客都把她的烦恼归咎于我的冷淡。一个傻瓜叉开双腿站到我的对面，对我直摇头。

“下去安慰安慰她，”他开口了（他是那些多愁善感的傻瓜之一），“听听一个老人的忠告吧。把她紧紧抱在怀里。告诉她：你爱她。”

我叫他走开，见他娘的鬼去，态度是如此激烈，以至于他差点从船上掉到海里。一个装家禽的板条箱救了他：那天我真他妈倒霉透了。

在莱德，列车长通过超乎寻常的努力，设法专门给我们留出了一节车厢。我给了他一个先令，因为我不知道该怎么做。要是他把另外八个乘客放到我们一起的话，我准会给他半个沙弗林①。每到一个车站，人们都跑到车窗前，朝里面看我们。

在文特诺车站的站台上，我把明妮交给了她的父亲；第二天早晨，我搭乘第一趟列车去了伦敦。我觉得自己一时半会儿再也不想见到她了，我深信，少了我的一次拜访，对她来说也没什么。我们接下来的一次见面是在她结婚之前的那一周。

“你们打算去哪儿度蜜月？”我问她，“去新森林地区么？”

“不，”她答道，“不去怀特岛。”

要欣赏一件小插曲的幽默之处，你得保持一定的距离，不管是时间上的距离，还是关系上的距离。我记得在怀特菲尔德街上目睹了有趣的一幕，就在托特纳姆宫路的旁边，那是冬天里一个星期六的晚上。一个女人——一个看样子相当体面的女人，假如她把帽子戴正一点的话——正好冲出了一家酒吧。她很威严，醉得也很厉害。一个警察要求她继续往前走。她叫他“小子”，质问他用这样一种腔调跟一位贵妇人说话是不是恰

① 沙弗林：英国旧时货币，面值相当于 1 英镑的金币。

当。她威胁要向她的一位亲戚上议院大法官告发他。

“好啊，找大法官这边请，”警察回了一句，“跟我来吧。”他抓住了她的胳膊。

她打了个趔趄，险些跌倒。为了防止她跌倒，警察一把抱住了她的腰。她紧紧抱住了警察的脖子，两人一起转了两三圈；正当此时，对面街角一架手摇式自鸣钢琴奏起了一支华尔兹舞曲。

“挑选舞伴吧，先生们，下一支舞曲。”一个喜欢打趣的家伙大声喊道，周围的人哄然大笑。

我自己也在笑，因为此情此景确实滑稽可笑，警察的厌恶表情跟贺加斯笔下的人物如出一辙。正当此时，看到路灯下一个小女孩的脸让我笑不出来。那孩子看上去满脸的恐惧，我试着去安慰她。

“那不过是一个喝醉了的女人，”我说，“他并不想伤害她。”

“行行好，先生，”小女孩答道，“那是我妈妈。”

我们的笑话通常是别人的痛苦。那个坐在镀锡大头钉上的人很少跟旁人一起大笑。

多管闲事

九月里一个天清气朗的早晨，我漫步走在河岸街。我最爱伦敦的秋天。只有在这个季节，你才能看到它那白色人行道的闪烁微光，以及它的街道那轮廓清晰、连绵不断的剪影。我爱早晨在公园里不期而遇的清凉远景，空荡荡的小街上流连不去的柔和暮色。六月里，餐馆经理对我爱理不理；我老觉得自己碍了他的事。八月里，他为我铺好窗边的那张桌子，用他那双胖手亲自为我斟酒。我没法怀疑他对我的尊重：我那愚蠢的嫉妒烟消云散。晚饭后，要是我愿意在清风拂面的夜色里兜兜风的话，我可以轻松爬上公共马车，而无需在路边与人你推我搡；我可以内心泰然、身体轻松地坐下来，而不会觉得自己抢了某个又热又累的女人的座位。要是我想看戏，不会有刺目而森严的“客满”招牌把我拒之门外。在旅游旺季，伦敦是一个疲惫不堪的女主人，没工夫招待我们这些至交密友。她的客房人满为患，她的晚餐仓促马虎，她的语调虚情假意。老实说，在春天，这位雍容大度的夫人屈尊纡贵，有点粗俗——大嗓门，好炫耀。直至宾客散尽，人走茶凉，她才恢复自己的本来面目：我们——她的孩子们——所热爱的伦敦。

亲爱的读者，你见过伦敦吗？——不是清醒白昼的伦敦，布满了爬行生物，就像患上枯萎病的鲜花，而是早晨的伦敦，脱去了褴褛衣衫、笼罩在薄雾中的那座宽容忍耐的城市。在夏天，随着星期日的黎明一起起床吧。不要吵醒别人，蹑手蹑脚地下楼，悄悄走进厨房，给自己准备早餐。当心别让那只猫绊倒。它会神不知鬼不觉地钻到你的两腿之间。那是它的习惯，意思是表示友好。别让那个煤箱擦破了你的小腿。我一直不明白，煤箱为什么总是横在厨房门与煤气灯柱之间。我只知道这是一个普遍规律；但愿你避开那个煤箱，以免我希望你在这个安息日拥有的好心情化为乌有。

搅茶的汤匙恐怕不得不免掉。你会发现大量的刀叉；每个抽屉里你的手都会碰上毛刷；至于砂纸，如果需要的话，多的是。但每个家庭主妇都有一个特点：汤匙每天晚上必须藏在不同的地方。除她自己之外，要是有人在早晨找出了汤匙，那是对她的侮辱。不过没关系，找一根柴火棍，把它的一头削尖，就是一件相当不错的替代品。

吃完早餐，熄掉煤气灯，再次静悄悄地走上楼梯，轻轻打开前门，溜出去。你会发现自己身处一个未知的国度。一夜之间，一座陌生的城市在你的周围拔地而起。妩媚迷人的长街静静地躺在早晨的阳光里。四周空无一人，只是当你走近时，才看到某个瘦弱的小男孩，从他贫民窟的盛筵中鬼鬼祟祟地溜出来。某棵树上有些响动，多半是小鸟烦躁不安的啁啾声：但伦敦的麻雀并不早起，它只是在说梦话而已。一个看不见的警察那缓慢而沉重的脚步声越来越近，或渐行渐远。你自己咔嗒咔嗒的脚步声紧跟着你，让你心烦意乱。你发现自己正极力走得更轻柔一些，就像一个人在充满回声的大教堂里那样。周围到处都有一个声音在低声对你说“嘘”。那么，这座有一百万个乳房的城市，莫非是温柔的阿耳忒弥斯，正千方百计让自己的宝宝安睡。“嘘，你这个粗心大意的行人；不要吵醒他们。脚步轻点；他们太累了，我数不清的孩子正在我成千上万的怀抱里安睡。他们劳累过度，操心太多；他们很多人病痛缠身，很多人烦躁不安，唉，很多人十分淘气。但他们全都疲累不堪。嘘！他们醒着的时候，就会吵吵嚷嚷，打打闹闹，让我心烦。现在他们睡着了，真是再好不过。脚步轻点；让他们好好休息吧。”

在退落的潮汐缓慢经过颓败的桥拱、奔向大海的地方，你可以听到砌石护墙的伦敦城对川流不息的水说：“你为什么不留下来跟我在一起？为什么来了又走？”

“我说不好，我也搞不懂。我从深海来，就像孩子放出的小鸟，绳子还牵在他手里。当大海召唤时，我就必须回去。”

“我的那些孩子也是如此。他们来到我的身边，我不知道他们来自何处。我暂时养育他们，直至一双看不见的手把他们拉回去。其他孩子取而代之。”

寂静的空气里传来一阵阵声音。这座沉睡的城市，随着一声微弱的叹息醒来。远处一辆牛奶车的吱嘎声激起无数的回声；它是一只庞大架轭大军的先锋。很快，每条街道上都响起抚慰人心的吆喝声：“牛——奶，牛——奶。”伦敦城就像巨人国的婴儿，醒来了，哭喊着要吃奶。有一些身穿白色罩衫的保姆，赶忙给它提供早晨的营养品。清早的教堂钟声敲响“你已经吃完了奶，小伦敦。现在来祈祷吧。新的一周才刚刚开始，伦敦宝宝。上帝知道即将会发生什么，祈祷吧。”

小家伙们一个接一个从百叶窗后面爬出来，走到大街上。母鸡抱窝般的温柔从伦敦城的脸上消失不见了。白天那烦躁不安的喧闹再次降临。寂静，它夜晚的情人，吻了吻它石头般的嘴唇，悄悄溜走了。而你，亲爱的读者，带着早起者的自满自足回家了。

不过我所想到的是，一周中某个工作日的早晨。当时，我刚刚在加蒂餐馆用过早餐，正站在餐馆的门外，悠然自得地听着一个愤怒的女乘客（推测起来大概是爱尔兰血统）和一个公共马车售票员之间的争吵。

“如果你们不去帕特尼，你们的车上干吗写着帕特尼？”那位女士说。

“我们是要去帕特尼。”售票员说。

“那你干吗让我在这儿下车。”

“我没让你下车，是你自己下车的。”

“没错，角落里的那位先生不是告诉我吗，我们离帕特尼越来越远？”

“是啊，就这么回事。”

“那你为啥不告诉我？”

“我怎么知道你要去帕特尼？你嚷嚷着帕特尼，我们停了下来，你跳了上来。”

“那你寻思我干吗要嚷嚷帕特尼？”

“因为帕特尼是我的名字，或者更准确地说是这辆车的名字！这家伙就是帕特尼。”

“你不去帕特尼，干吗叫帕特尼？”

“你是爱尔兰人吧？”帕特尼顶了一句，“肯定是。但你并不总是去爱尔兰。我们迟早要去帕特尼，只不过我们先得去利物浦街。走起来，吉姆。”

车继续往前开。我正要过马路，一个喃喃自语的家伙径直朝我撞了过来。要不是我认出了他并把他拦住的话，他准会从我身上冲过去。是我的朋友 B 某某，一个总是忙忙碌碌的杂志编辑。好一阵子他才从心不在焉中回过神来。“你好！”随后他说道，“谁想到在这儿碰见你小子？”

“从你走路的样子来看，”我答道，“你大概压根儿没想到在河岸街碰见任何人。你撞上过哪个脾气火爆、身强体壮的家伙吗？”

“我撞着你了吗？”他吃惊地问道。

“嗯，严格说来，倒是没有完全撞上，”我答道，“你径直朝我走来；要不是我把你拦住的话，我猜你准会从我身上踩过去。”

“都是该死的圣诞节给闹的，”他解释道，“都快把我给逼疯了。”

“我倒是听过很多事情人们都拿圣诞节做借口，”我答道，“但在九月份是不是早了点。”

“哦，你懂我的意思，”他答道，“我们正在做圣诞节专号。我们没日没夜地在弄这个。对了，顺便说一下，”他补充道，“这倒让我想起了一件事。我们安排了一场专题讨论会，我想你来参加。‘圣诞节是不是应该——’”我打断了他的话。

“亲爱的老伙计，”我说，“我十八岁就开始我的记者生涯，从那时到现在一直断断续续地从事这个行当。我从情感的视角写过圣诞节，从哲学的观点分析过圣诞节，从讽刺的角度批评过圣诞节。我为《漫画》杂志以幽默的笔调谈论过圣诞节，为外省的周刊以同情的态度论述过圣诞节。对于圣诞节这个主题，我已经说过所有值得一说的话——没准还多说了点儿。我讲过新式的圣诞故事——你知道这种东西：先从一场老式的暴风雪开始，有一位老式的绅士，住在一幢老式的宅邸里，穿插一次老式的谋杀，结束于一场老式的圣诞晚宴。我曾在平安夜让一帮圣诞节客人围坐在噼啪燃烧的木材旁，轮流讲鬼故事，但并没有阴风怒号，作为一个恰当的提示，就像这些场合通常出现的那样。我曾在平安夜把孩子们送上天堂——对圣彼得来说，圣诞节早晨想必是一段相当忙碌的时间，那么多孩子死于平安夜。那一直是深受他们喜爱的夜晚。我曾让死去的恋人健康而快乐地重返人间，正好赶上坐下来吃圣诞晚餐。对于做这些事情，我并不感到羞愧。当时我认为这些都是好事。我曾经热爱醋栗酒和头发蓬乱的姑娘。一个人的观点总是随着年龄的增长而改变。我曾把圣诞节当作一个宗教节日来讨论。我曾把它作为一个社会噩梦加以责难。关于圣诞节，如果还有什么我不曾讲过的笑话，我倒是乐意洗耳恭听。我曾老调重弹地讲过消化不良的笑话，直至听到这些笑话就让我自己也消化不良为止。我曾嘲弄过家庭聚会。我曾奚落过圣诞节礼物。我曾调侃过家长和他的账单。我曾——”

当我们走过干草市场时，我突然住口，问道：“我是不是给你看过我的那首小诗，戏仿爱伦·坡的那首《钟声》？它是这样开头的——”他反过来打断了我的话。

“账单，账单，账单。”他背诵道。

“完全正确，”我承认，“我忘了我拿给你看过。”

“你从未给我看过。”他答道。

“那你怎么知道它的开头？”我问。

“我并不确切知道，”他承认，“但平均起来，每年有六十五首诗投寄给我，它们全都是这样开头。我想，你的诗多半也是这样。”

“我看不出还能有什么别的开头。”我顶了一句。他让我有点生气。“再者说，一首诗如何开头并不重要，接下来怎么写才是重要的事情；而且不管怎么说，我也不打算给你写关于圣诞节的任何东西。要求我给你写个关于管子工的新笑话，建议我编个关于天堂的原创性的、让一个孩子讲起来不太吓人的故事，提议我给你弄一篇一个普通人可能相信的狗故事，我们或许可以成交。但关于圣诞节这个主题，还是让我歇会儿吧。”

到这时候，我们已经走到了皮卡迪利广场。

“如果你像我一样讨厌这个题目的话，”他说，“我不怪你。

一旦我不再惦记着圣诞节专号，圣诞节在办公室里也就结束了，要到明年六月才会回来，但家里的圣诞节就要开始了。家庭支出已经达到每周一英镑。我知道这意味着什么。我那位亲爱的小媳妇不断攒钱，要给我买一件我并不想要的昂贵礼物。我认为，礼物是圣诞节最糟糕的部分。埃玛会送给我一幅她自己画的水彩画。她老是这样。如果她并不要求我把这幅画挂在客厅里，那倒也没什么。你看过我表妹埃玛的水彩画吗？”他问道。

“我想应该看过。”我答道。

“根本不用想，”他气哼哼地回嘴道，“那种水彩画你见过一眼就永远忘不了。”

他对着整个广场讲了起来。

“人们为什么要做这种事情？”他问道，“即便是个业余画家，也总该有点常识吧。他们难道看不出是怎么回事吗？有她画的那种东西挂在过道里。她把它称作‘白日梦’。如果她把它叫做‘流行性感冒’，我倒是能够理解。我问她这个想法来自哪里，她说一天夜里她在诺福克看到了那样的天空。真是活见鬼！那她为什么不闭上眼睛，或者跑回家里躲在床帷的后面呢？要是我在诺福克看到了那样的天空，我肯定要坐最早一趟火车跑回伦敦。我猜，那可怜的姑娘大概是不能不看这种东西，但干吗要画下来呢？”

我说：“我想，对某些人的天性来说，画画是一种必要。”

“可为啥把那种东西送给我呢？”他辩解道。

我没法给他充足的理由。

“人们总是送给你一些愚蠢的礼物！”他继续说道，“有一年我说我喜欢丁尼生的诗歌。她们烦不胜烦地想知道我想要啥。实际上我什么都不想要。至于自己不是十分肯定不想要的东西，我唯一能想到的就是丁尼生的诗歌。好家伙，她们四个人一起凑钱，送给我一套丁尼生的诗集，总共十二卷，带有彩色插图。当然，她们是好心好意。要是你暗示你喜欢烟袋，她们准会送给你一个蓝色天鹅绒袋子，能装一磅烟草，绣着实物一般大小的鲜花。使用它的唯一方式就是给它配一条背带，像书包一样把它挎在肩膀上。我得到过一件天鹅绒吸烟服，用丝线绣着勿忘我和蝴蝶；我并不抽烟。她们问我为什么从不穿它。总有一天夜里，我会穿着它去俱乐部，好让那里的气氛活跃一些：那里确实需要活跃点。”

到这时，我们已经走到了德文郡广场的台阶上。

“我送别人礼物时，也一样蹩脚，”他继续说道，“我从未碰巧想到过对任何人有点用处的东西。要是我送给简一个栗鼠皮披肩，你完全可以肯定，栗鼠皮穿在任何女人身上都是最过时的玩意儿。‘噢！你真好，’她说，‘那正是我想要的东西。我会一直留着它，直到栗鼠皮再次流行起来。’没人戴表链的时候，我送给姑娘们表链。当表链风行一时的时候，我送给她们耳环，她们感谢我，建议我带她们去化妆舞会，那是戴这些该死玩意儿的唯一场合。我把钱浪费在黑背白手套上，结果发现，黑背白手套被认为是郊区妇女的标志。我相信，伦敦的所有店老板都把他们的旧货存了起来，在圣诞节的时候骗卖给我。我倒是很想知道，为什么总是有五六个人拿着一双手套来伺候你？就在上周，简要我为市长官邸最近的一次活动给她买些手套。我觉得这个要求合情合理，我想我一定会把这事干得漂漂亮亮。我讨厌去服装店：一个人男人走进来，人人都盯着他看，仿佛他正在闯进土耳其浴室的女子部。这些人都像牵线木偶一样，其中一个家伙朝我走来，说今天天气真好。见鬼，我来这里难道是要跟他谈论今天的天气？我说，我想买些手套。我尽量按照自己的记忆描述我要买的手套。我说：'我想要四颗纽扣的那种，但不是纽扣手套。纽扣要在中间，它们长达肘部，不知你是否明白我的意思。'他鞠了一躬，说他完全明白我的意思，比我打算表达的清楚得多。我告诉他，我要三双米色的，三双浅黄褐色的，浅黄褐色的必须是表面革。他纠正了我，说我指的是'绒面革'。我斗胆说他是对的，但他打断了我的话，我不得不从头再说一遍。他专心致志地听着，直到我说完。我猜，我和他在紧挨着大门的那儿站了大约五分钟。他说：'今天早晨你就要这些吗，先生？'我说就这些。

"'谢谢你，先生，'他答道，'这边请，先生。'

"他把我带到了另一个房间，我们在那里遇到一个叫詹森的人，他简短地向此人介绍我是一个'想买手套'的先生。'好的，先生，'詹森先生说；'你要哪种手套？'

"我告诉他，我总共要买六双手套——三双绒面革的，浅黄褐色，三双米色，小山羊皮的。

“他说：‘你的意思是小山羊皮手套，还是说给孩子戴的手套？’

“他这话让我很生气。我告诉他，我没有说俚语的习惯。买手套时也是如此。他说他很抱歉。我尽量按照我自己的理解，向他解释了纽扣和长度。我叫他务必注意纽扣必须缝得结结实实，每一处的针脚都要尽善尽美，并补充道，我妻子上回在他们店里买的手套很差劲。简硬要我补上这一句。她说这样会让他们更小心。

“他心醉神迷地听我说，仿佛我在演奏音乐什么的。

“‘什么尺码，先生？’他问。

“我忘了说尺码。‘噢，六号，’我答道，‘除非是很有弹性的那种，那样的话最好是五又四分之三。’

“‘噢，对了，米色手套上的针脚必须是黑色的。’我补充道。那是我忘了说的另一件事。

“‘非常感谢，’詹森先生说，‘今天上午还要什么别的吗？’

“‘不，谢谢，’我答道，‘今天上午没别的了。’我开始喜欢上这家伙了。

“他领着我走了很长一段路，所经之处，每个人都停下手里的活，盯着我看。当我们到达手套部的时候，已经累得不行。他把我带到一个年轻人面前，那人正朝自己身上戳大头针。詹森说了句‘手套’，然后钻进一道门帘消失不见了。年轻人停止了朝自己戳大头针，隔着柜台俯过身子。

“‘女式手套还是男式手套？’他问。

“好吧，你能猜到，到这时我真的很恼火。事后想起来很好笑，但当时我很奇怪自己怎么没有给他的脑袋一记老拳。

“我说：‘你们店里有没有过忙的时候？有没有过什么时候，你们觉得愿意把手里的工作干完，而不是纯粹出于喜欢这样而磨洋工？’

“他看来并没有听懂我的意思。我说：‘一刻钟前我在门口遇到一个人，我跟他谈了我想要买的手套，我把自己所有的想法都告诉了他。他把我带到你们詹森先生那里，我跟詹森先生把整个事情又说了一遍。现在詹森先生把我交给了你——而你，甚至都不知道我想要女式手套还是男式手套。在第三遍重复整个事情之前，我想知道，你究竟是不是将为我服务的那个人，抑或只是一个倾听者？因为就个人而言，我已经烦透了这个话题。’

“嗨，这回总算找对了人，我从他那里买到了手套。但怎么解释呢？怎么会这样呢？我在那家店里从头至尾待了三十五分钟。随后，一个傻瓜领我出去，路上让我看一系列专门的睡袜。我告诉他我啥也不要了。他说他并不是想让我买，他只是让我看看它们。这么说来，服装店提供午餐和茶室也就没什么可奇怪的了。它们很快就会提供家具齐全的小套房，一个女人可以在那里住上一个礼拜。”

我说，购物确实非常累人。由于他的邀请，由于他似乎决心继续说下去，我又说，我想来一杯白兰地加苏打水。到这时候，我们已经在吸烟室里。

“应当成立一个社团，”他继续说，“一种交易所之类的机构，负责圣诞礼物的收集和分发。你交给他们一份收礼人的名单和送礼人的名单。假设他们替我收了二十份圣诞礼物，比方说价值十英镑，同时替我送出了三十份礼物，价值十五英镑。他们可以向我索要这五英镑的差额，外加一小笔佣金。我会很高兴掏腰包，今后再也没有麻烦了。兴许还能赚上一笔。这个创意还可以包括生日礼物和结婚礼物。一家公司将完全做这笔生意。他将保证你所有的朋友都掏腰包——我的意思是送礼；他们也不会忘记送礼给你最重要的亲戚。我们家族只有一个成员有能力留下一个先令；当然，要是我忘了给谁送礼物的话，那准是他。当我想到他的时候，我通常会把事情搞得一团糟。两年前，我送给他一个洗澡的——我的意思并不是我给他搓个澡什么的——橡皮玩意儿，他可以装在自己的旅行箱里。我想他会发现这玩意儿在旅行时很有用。可是，他居然把这看作是对他的人身侮辱，一个月不和我说话，这个可恶的老笨蛋。”

“我猜孩子们应该喜欢它。”我说。

“喜欢啥？”他问。

“还有啥，圣诞节呗。”我解释道。

“我不信他们喜欢，”他厉声道，“没人喜欢圣诞节。我们提前三周让他们兴奋起来，告诉他们，他们将有一段美好的时光，让他们在两三天里暴饮暴食，带他们去看他并不想看、但我们想看的东西，然后花上两个星期，威逼恫吓，让他们回到平常的日子。我还记得，在我还是个孩子的时候，总是被带去水晶宫和杜莎夫人蜡像馆。我恨死了那个水晶宫！姑妈老是管着我。那些日子总是格外寒冷，我们总是搭错火车，半天才到那儿。我们从不吃正餐。女人从不会想到一个人出门在外也要吃饭。她似乎认为，从离家出门到打道回府的那段时间里，人的自然本性暂停了。在她看来，一小块面包和一杯牛奶就是一个学童的午餐。她的一半时间花在丢失我们上，另一半时间则用来斥责我们——要是她找到了我们的话。我们真正喜欢的唯一事情就是回家的路上跟出租马车车夫吵架。"

我站起身来要走。

"那你参不参加那个专题讨论会？"B某某说，"题目很容易对付的：'为什么应当废除圣诞节'。"

"听上去倒是很简单，"我答道，"可你建议怎么废除呢？"美国一家"进步"杂志的女编辑曾组织过一场讨论会："该不该废除性行为？"十一位女士和先生一本正经地争论了这个问题。

"就让它死于营养不良，"B某某说，"第一步是要唤起舆论。让公众相信：圣诞节应当废除。"

"但它为什么应当废除呢？"我问。

"天哪！伙计，"他叫了起来，"你不是也想让它废除吗？"

"我不敢肯定自己是这么想的。"我答道。

"不敢肯定，"他回了一句，"你自称是新闻记者，竟然承认天底下有什么事情你不敢肯定！"

“近些年来我逐渐变得不敢肯定了，”我答道，“从前我可没这毛病，这你知道的。”

他环顾四周，以确定没有人能听见我们说话，然后压低了声音。

“你知我知，”他说，“我也不像从前那样每件事情都很有把握。这是为啥？”

“大概是因为我们老了吧。”我暗示道。

他说：“我去年开始玩高尔夫球，第一次把球杆拿在手里，我就把球打出了一弗隆。‘这玩意儿很容易嘛，’我对那个教我打球的人说。‘没错，大多数人发现，刚开始时很容易，’他干巴巴地答道。他自己是个高尔夫老手，我想他是嫉妒。我很喜欢这项运动，坚持了大约三周，我对自己的表现很满意。接下来，逐渐地，我开始发现这活儿并不容易。我觉得自己绝对成不了一个高尔夫高手。你是否有过这样的经历？”

“是的，”我答道，“我想，这就是原因之所在。这项运动刚开始似乎很容易。”

我丢下他一个人吃午餐，信步向西闲逛，一边想着我毫无准备地回答他关于圣诞节的那个问题或其他什么问题时的情形。回想起青春岁月的好时光，那时候，生活没有提出任何难题，也没有把任何怀疑摆到我的面前。

在那些日子里，我一厢情愿地想让全世界受益于我的智慧，试图寻求这样一个烛台，好让我的光可以被看到，并对人们有所帮助。因此我来到圣路加教区契克斯街一个阴暗肮脏的大门前，门内，每个星期五晚上都有一次秘密会议，出席会议的是一些年轻人，加上几个年龄大到足以更明事理的家伙，会议的目的是讨论和安排全世界的事务。“发言会员”每年缴纳十先令六便士的会费，算起来，这个价格摊到每个字上确实不算多；根据会议规章第七条，“拖欠会费超过三个月的先生”将没有任何权利，不管好歹。我们自称为“海燕”，在海燕的翅膀那充满同情的庇护之下，我们为人类种族的改进辛苦劳作了半年，直至我们的财务主管，一个不知疲倦地跟一切传统事物作斗争的年轻人，跑到东方去了，他留下的资产负债表显示，俱乐部欠下了四十二英镑十五先令四便士的外债，而且，三十八英镑多一点的当年会费被“结转”了，至于结转到什么地方，报表上没有说明。随后，我们的房东，一个完全没有任何理想的人，扣押了我们的家具，提出以十五英镑的价格让我们赎回。我们向他指出，这个价格高得有些过分，同意向他出价五英镑。

双方讨价还价，最后以他缺乏教养的言辞而告终，“海燕”们纷纷作鸟兽散，从此再也没有聚集到一起，翱翔于人类海洋的狂风恶浪之上。如今，听到现代改革家们那些软弱无力的计划，我忍不住笑了，想起了我们当年在圣路加教区契克斯街的所作所为，在那个年代，葛兰迪太太的规矩依然主宰着文学，与此同时，英国的老夫人依旧是英国艺术的引路人。有人告诉我，外边流传着关于废除上议院的议题！嗨，这算啥，“海燕”们一个晚上便废除了贵族和国王，然后就休会了，为的是任命一个委员会，负责起草一部共和国宪法，并在下周五晚上之前准备好。他们谈到了帝国剧院的休息室。我们十八年前便以二十九票对十七票通过决议，让伦敦所有的杂要戏院关门大吉。他们举行了一次很有耐心的听证会，得到了强有力的辩护；但我们发现，这样一种娱乐倾向是反进步的，违背了智性进步民主的最大利益。第二天晚上，我在老“展馆”遇到了提出这项谴责决议的提议人，我们一边喝着巴斯啤酒，一边继续讨论。他说服我坐在那里把“滑稽歌手”唱的三支歌听完，借此强化他的论证；但我随后让他注意一个身穿蓝色紧身衣的淡黄色头发女子的翩翩舞姿，从而成功地进行了反驳。我忘了那个女孩的名字，但我决不会忘记她那优雅的魅力和美貌。啊！在那些黄金般的岁月里，这些“歌舞艺人”多么妩媚迷人，多么貌美如花！她们消失到哪里去了？身穿蓝色紧身衣的淡黄色头发女子今天还在我的眼前翩翩起舞，但不再让我怦然心动，只会让我越来越厌烦。二十年前那些轻歌曼舞的妩媚女子哪里去了？看她们一眼要做一个礼拜的美梦，碰一碰她们的纤纤素手便是莫大的快乐，亲吻她们的樱桃小口无异于预先品尝天堂的滋味。几天前，我听说我的一位老朋友的儿子秘密地跟一个芭蕾舞前排演员私订终身，我不由得叫了起来：“可怜的家伙！”曾几何时，我的第一个想法准会是：“幸运的家伙！他配得上她吗？”因为那个时候，芭蕾舞演员都是天使。一个人从廉价的后座盯视着她们，怎么能怀疑这一点呢？她们来这里跳舞，是为了让寡居的母亲衣食无忧，为了送年幼的弟弟上学读书。那个时候，她们都是带有光环的人物，值得年轻人顶礼膜拜；可现如今——

那是一个老掉牙的笑话了。年轻人的明眸透过玫瑰色的眼镜看世界。老年人的眼睛在烟雾笼罩的镜片后面昏花模糊。我淡黄色头发的朋友，你不是我梦想的天使，也不是有些人所描绘的十恶不赦的罪人，在你绚烂的羽毛底下，你只是一个女人——有一大堆的愚蠢和缺点，被某种甜美和力量包了起来。你那辆布鲁厄姆轿式马车，我敢肯定，靠你每周三十先令的薪水是养不起的。梅费尔区有我认识的一些女士，她们自己的马车价格不菲。有人告诉我，你涂脂抹粉，染妆上色；甚至暗示你东衬西垫。我们所有人不都是用我们自己并不具备的美德来装扮自己吗？当你我都洗尽铅华，卸去盛妆，我的姐妹，我们就会知道，究竟谁有资格看不起对方。

亲爱的读者，请原谅我的跑题。是那位女士把我领入了歧途。我刚才说到“海燕”和他们实现的改革，算起来还真不少。我记得，我们废除了死刑和战争；我们心底里都是杰出的年轻人。我们以超出十二票的多数，彻底改革了圣诞节，连同银行休业日。我不记得有任何一项废除任何东西的提议在付诸投票时被否决过。很少有什么东西没有被我们这些“海燕”废除。我们以权宜之计为由抨击圣诞节，用嘲笑把它灭掉了。我们揭露圣诞节情感的空洞虚假，我们痛骂难以消化的圣诞节晚餐，令人生厌的圣诞节派对，愚蠢可笑的圣诞节儿童剧。我们几个滑稽搞笑的成员在谈到挨家挨户送歌的圣诞节乐队时笑得前仰后合；我们的社会改革家对圣诞节酗酒痛心疾首；我们的经济学家对圣诞节施舍义愤填膺。对我们来说，唯一有点分量的论点，是支持圣诞节的，而且是我们当中一位重要的愤世嫉俗者提出来的，他认为，圣诞节所带来的痛苦还是值得忍受的，因为，只要你想到：一切都结束了，接下来的一年里不可能再次出现，你就会享受到令人心满意足的慰藉。

但是，自从我们准备纠正这个旧世界的一切问题以来，我们已经见过很多现象，听过很多声音，我不再像从前那样十分肯定：自己的特定观点就是唯一可能正确的观点。圣诞节在我看来似乎没什么意义；但是，透过窗户，我看到了那些穷困不堪的街道，看到了那些昏暗的客厅因为一串串彩纸而变得明亮欢快。在被烟熏黑的天花板上，这些彩纸串从一个角落拉到另一个角落，它们挂着笨拙的花彩从廉价的吊灯上垂落下来，它们环绕着脏兮兮的镜子和花里胡哨的图画。我知道，有一双双疲累的手和困倦的眼睛，耗费了大量的时间，来制作和悬挂这些愚蠢的纸串，说什么"这会让他高兴——看到房间里这么漂亮她准会满心欢喜"。当我看着它们的时候，它们在我眼里不知何故竟然变得漂亮起来。我承认，画面上那个花里胡哨的孩子和小狗让我恼火；但是，我目睹过一个满身污垢、毫无艺术品位的人，此人用他那老茧斑驳的手，深情地把它抚平，与此同时，一张张热切的脸围拢过来，对它明显的粗俗大加赞赏，惊叹不已。它至今装在廉价的画框里，悬挂在壁炉架的上方，这是那些水渍斑驳的墙壁上唯一的亮点；昏暗呆笨的眼睛一次又一次凝视着它，透过它俗艳的色调，捕捉遥远艺术国度的远景。挨家挨户送歌的圣诞节乐队让我恼火，我真想推开窗户，朝他们扔煤块——就像我从前在切尔西区一间高层公寓房的窗户里所做的那样。我怀疑他们不是真正的乐队，倒是倾向于认为他们是些为制造噪音找借口的年轻人。他们当中的一个家伙看来知道一首带有合唱的圣歌，另一个人演奏六角手风琴，还有一个人伴之以踢踏舞。我本能地对他们毫无敬意，他们打扰了我的工作，我越来越想让他们吃点苦头。我突然想到，要是我熄掉灯，轻轻地打开窗户，朝他们扔煤块，一定很好玩。对他们来说，要弄清楚煤块来自这排房子的哪扇窗户是不可能的事，因此可以避免随后的不快。他们是挨得很紧的一小群，就算运气不怎么样，砸中个把人还是很有把握的。

我采用了这个计划。我看不清楚他们。我瞄准了噪音的方向，扔出了大约二十个精心挑选的煤块，结果一点动静也没有，不免有些灰心丧气。正当此时，传来一声叫喊，紧接着是一阵格外不合时宜的话语，这让我知道：老天爷总算帮了我一把。音乐声突然停止了，那伙人作鸟兽散，明显兴高采烈——这让我十分奇怪。

我注意到，一个人留在了那里。他站在路灯下，对整排房子挥舞着拳头。

“哪个王八蛋扔的煤块？”他声音洪亮地质问道。

我大惊失色，听声音应该是八十八号房的那个家伙，一位爱尔兰绅士，像我一样也是个记者。当这幕戏中那位倒霉背运的主人公一直在大呼小叫的时候，我全都明白了，但为时已晚。他——八十八号——显然也被这噪音给弄得烦不胜烦，于是出去规劝那帮吵吵闹闹的家伙。当然，我扔出去的煤块正好砸中了他——这位清白无辜、心平气和（在那之前）、品德高尚的绅士。这就是命运之神对我们这些凡夫俗子的公正惩罚。那群人里有十至十四个年轻小伙子，哪一个被煤块砸中都不冤枉；却偏偏是他，一个无辜之人，被砸中了——我借着昏暗的街灯判断，似乎正好砸中了眼睛。

当这排房子依旧以沉默回应他的质问时，他穿过马路，上了楼梯。在每一层楼的楼梯平台上，他都停下来，大声喊道：

“哪个王八蛋扔的煤块？我要找出那个扔煤块的家伙。你给我滚出来！”

处在我这个位置，如果是个好人，准会等到八十八号到达自己所在的那个楼层，然后打开房门，以男子汉般的诚实，坦率承认：

“是我扔的煤块。我——”我不会说下去了，因为那一刻，我敢肯定，八十八号准会照准我脑袋，给我一记老拳。接下来，楼梯间里准会有一次有失体面的吵架，随后会你来我往地发出传票。怒火随之而起，由此而引发的仇恨情绪可能要持续多年。

我没有假装好人。我怀疑，就算我努力假装也未必管用：我并不是个足够好的演员。我在书房里脱下鞋子，准备去卧室睡觉，此时，我对自己说：“八十八号明显没有心情听我解释。倒不如让他自个儿在那里大喊大叫，直至冷静下来；之后，他会回到自己的房间，冲洗一下眼睛，睡个踏踏实实的好觉。到了早上，我们多半会像往常一样，在去舰队街的路上相逢一笑，我会漫不经心地提及此事，对他深表同情。我会向他暗示真相——很有可能，某个房客也被吵闹声给惹恼了，把煤块对准了那帮乐手，不料却砸中了你，这纯粹是一个令人遗憾的意外。以我的机敏圆滑，我甚至能让他看出这次意外中蕴含的幽默。接下来，在三月或四月，选择一个明智的时刻，我多半会承认，我就是那个房客，一边友好地喝着白兰地加苏打水，一边对整个事件一笑了之。”

事实上，后来发生的事情正是这样。八十八号是个大块头，打心眼里是个好人，就是有点容易冲动，他说：“老伙计，你当时没告诉我，真他妈算你运气好。”

“我本能地觉得，”我答道，“这种情况下还是拖延一下为好。”

有些时候，你应当控制一下坦率直言的冲动；正如我刚才说的，圣诞节乐队在我心里激起的，只有恼怒。但我听到过那些被烟雾熏哑的嗓子，在一把短号和一支长笛荒腔走板的伴奏下，呼哧呼哧地吟唱“听啊，报信天使在歌唱”，却让一张辛劳沧桑的脸庞露出了欢欣喜悦的面容。对她来说，这是希望和爱的信息，使得艰苦的生活有了甜美的滋味。仅仅想到圣诞节期间习以为常的家庭聚会，我们这些高人一等的家伙就烦不胜烦；但我想到了某人给我讲述的一件事，他是我的一个朋友。有一年的圣诞节，我的这位朋友正在探访，面对面地碰见了一个女人，在城里的时候，他经常在各种不同的场合遇到这个女人。那间小小农舍的大门敞开着，她和一个年长的女人正在一张桌子旁熨烫衣物，她那双白嫩的小手往复来回，折叠和抚平那一堆皱巴巴的衣物，她边笑边说，和那个年长的妇女谈论着家长里短。我朋友的身影落在她熨烫的衣物上，她抬起头，四目交接，面面相觑。但她脸上的表情明显在说："在这里，我不认识你，你也不认识我。在这里，我是一个被人爱、受人尊重的女人。"我朋友走了进去，跟那个年长的女人攀谈起来，那是他的东道主的一位房客的妻子，她转向那个年轻女孩，向他介绍道："这是我女儿，先生。我们不常见到她。她在伦敦的什么地方工作，老是脱不开身。不过每逢圣诞节她总是要跟我们一起待上几天。"

"那是家庭团聚的日子。"我的朋友答道，带有一丝讥讽的意味，他自己很反感这种讥讽。

"是啊，先生，"那女人说，并没有觉察到他的讥讽，"每一个圣诞节她都跟我们在一起，是不是，贝丝？"

"是的，妈妈。"那女孩答道，再次低下头，一心熨烫衣服。

因此，每年的那几天里，这个女孩都会脱下她的毛皮大衣，取下她的珠宝首饰，丢下她的锦衣玉食，在一个干净清洁、有益健康的小小空间里住上一阵子。那是一个让她能够恪守妇道的锚，而且你愿意看到，到最后，它或许足够强大，能够让她免于随波逐流。我承认，支持圣诞节和圣诞节习俗的所有论据都是情感性的，但我已经活得够长了，足以让我怀疑，在生活的经济体制中，情感是不是就没有它的合法地位呢。

瞻前顾后

你是否留意过女人出门？

男人出门的时候总是说："我要出去，应该不会太久。"

"哦，乔治，"他妻子从屋子的另一头喊道，"待会儿再走。我想让你——"她听见帽子落地的声音，紧接着大门砰的一声关上了。

"噢，乔治，你还没走吧。"她哭喊道。那只不过是绝望的声音。事实上，她知道他已经走了。她气喘吁吁地走到门厅。

"他原本可以等一会儿，"她喃喃自语道，一边捡起掉在地上的帽子，"我有好多事情要他做呢。"

她没有开门去拦他，她知道他已经走过半条街了。她认为，这是一种卑琐而小气的出门方式；男人都这样。

另一方面，一个女人出门的时候，总是弄得众所周知。她不会悄悄溜出去。她说她要出门。她通常是在头天下午说她要出门，每隔一段时间重复一遍，直至喝下午茶的时间。喝茶的时候，她突然决定不出门了，后天再去吧。一个小时之后，她想，还是明天吧，毕竟，头天夜里已经安排好了去洗头。接下来的个把小时里，她一阵阵地摇摆于兴奋与沮丧之间：兴奋时，她急不可耐地想要出去；沮丧时，一种不祥的预感浮现心头。晚餐时，她极力说服另外一个女人跟她一起去；那个女人一旦被说服，就对出门热心得不得了，直至她想起自己去不了。然而，第一个女人则极力让她相信，她可以去。

“是啊，”第二个女人答道，“可话说回来，你呢？你忘了琼斯夫妇要来吗？”

“我还真忘了。”第一个女人回答道，完全不知所措，“真不好办，我礼拜三去不了。那我把时间推到礼拜四吧。”

“但礼拜四我去不了。”第二个女人说。

“嗯，那你一个人去呗，亲爱的。”第一个女人说，那语气就像要牺牲毕生的雄心壮志。

“哦，不，亲爱的，我可不这么想。”第二个女人豪爽地叫了起来，“我们再等等，还是一起去，礼拜五。”

“我来跟你讲讲我们要干啥吧，”第一个女人说，“我们将早早地动身——这倒是个好主意，赶在琼斯夫妇到达之前打道回府。”

她们商定睡在一起；两个人的心里都隐隐约约地怀疑，这可能是她们在人世间睡的最后一觉。她们早早地拿着一罐热水就寝了。夜里，时不时地，你无意中听到她们在泼水和说话。

她们很晚才下楼吃早饭，两个人都很生气。每个人似乎都极力让自己相信，由于对方持续不断的蠢行，自己很不情愿地被引入了这场胡闹。吃饭期间，每隔五分钟，每个人都问对方准备好了没有。看来，每个人都只差把帽子戴上了。她们谈到了天气，很想知道天气究竟如何。她们希望这鬼天气早点拿定主意，好也罢，坏也罢。她们恨死了这个老是拿不定主意的天气。吃过早饭，看上去依然乌云密布，她们决定干脆放弃外出的计划。这时候，第一个女人想起来了，她今天无论如何都得去。

“你就不必去了，亲爱的。”她说。

在此之前，第二个女人明显拿不准自己究竟是想去还是不想去。这会儿她知道了。

“噢，不，我要去，”她说，“那样的话事情就结束了。”

“我敢肯定你并不想去，”第一个女人坚持道，“我一个人去更快点。我现在就准备动身了。”

第二个女人昂着头，有些生气。

“我用不了一会儿，”她顶了一句，“你知道，亲爱的，通常总是我等你。”

“可你靴子都还没穿。”第一个女人提醒她。

“嗯，那花不了多长时间，”第二个女人答道，“不过，当然，如果你真的不想我去的话，那就明说好了。”到这时候，她几乎要流出眼泪了。

“我当然愿意你一起去，亲爱的，”第二个女人以顺从的口吻解释道，“我以为你只是为了让我高兴才一起去。”

“噢，不，我很愿意去。”第二个女人说。

“那好吧，我们得快点，”第一个女人说，“我自己要不了一分钟。我只要换条裙子。”

半个小时过去，你听到她们在房子里的不同地方互相呼唤，想知道对方是不是准备好了。看上去她们似乎都准备好了很长时间，只等对方了。

“恐怕，”正在下楼的那一个大声喊道，“天要下雨了。”

“哦，可别那么说。”另一个答道。

“没错，看上去很有可能下雨。”

“真讨厌！”楼上的女人答道，“要不我们往后推吧？”

“得了吧，你想什么，亲爱的？”楼下的女人答道。

她们决定还是要去，只不过现在她们不得不换靴子，再戴上不同的帽子。

接下来的十分钟里，她们依旧在大呼小叫，跑来跑去。接下来，看来她们似乎真的准备好了，只等说声“再见”，然后就可以开路了。

她们开始亲吻孩子们。女人离开家的时候，无一不暗自担心；自己再也不会活着回来了。一个孩子也找不到。就算找到了，孩子也满心希望自己没有被找到。必须先洗一把脸，准备接受亲吻。还得找到小狗，照例亲吻一番，最后对厨子千叮咛万嘱咐。

然后，她们打开了大门。

“噢，乔治，”第一个女人叫了起来，再次转过身来，“你在吗？”

“嗨，”远处有声音答道，“你找我吗？”

“不，亲爱的，只想说声再见。我要出去了。”

“哦，再见。”

“再见，亲爱的。你觉得会下雨吗？”

“哦，不，我认为不会。”

“乔治！”

“嗯。”

“你身上有钱吗？”

五分钟后，她们又回来了；一个忘了阳伞，另一个忘了钱包。

说到钱包，倒让人想起男人和女人之间的另一个本质差别。男人总是把钱揣口袋里。要用钱时便掏出来，啪地一甩。这种方式有点粗糙；女人表现得更细腻。比方说吧，她站在大街上，想掏出四个便士，从一个卖花女的手里买一束紫罗兰。她一只手拎着两个包裹，另一只手打着一把阳伞，左手剩下的两根手指紧紧抓住那束紫罗兰。问题来了，怎么付钱给那个卖花女呢？她紧张不安地忙活了几分钟，显然并不完全明白自己为啥就干不了这事。随后她突然想到了原因：她只有两只手，而且两只手都占着。她首先想到放下那两个包裹，把花挪到右手里，然后她想把阳伞放到左手里。接下来，她环顾四周，想找一张桌子，哪怕是一把椅子也行，但整条街上根本没有这种东西。她只好丢下包裹和那束花，从而解决了自己的困难。卖花女帮她捡了起来，拿在手里。这使得她能够用自己的右手摸索着寻找口袋，而左手则胡乱挥舞着那把撑开的阳伞。她把一位老先生的帽子打落到了排水沟里，险些戳瞎了卖花女的眼睛，这才想到把阳伞收拢。收好之后，她把伞靠在卖花女的篮子上，两手并用，认真忙活起来。她紧紧抓住自己的后腰，转动上半身，直至头发在前面，眼睛在后面。她的左手依然牢牢地抓着自己——要是松开手的话，鬼知道她会转到哪里去——右手在身上摸摸索索。钱包就在那儿，她能摸到；问题是怎么拿到它。当然，最快的方法就是脱掉裙子，坐到马路牙子上，把口袋翻过来，从底部往上摸。但这个简单的方法她似乎没有想到。连衣裙后面大约有三十个皱褶，秘密通道就是从这些皱褶之间开始。终于，纯粹是凭运气，她突然找到了钱包，在这个过程中，她几乎把自己弄了个底朝天。钱包倒是拿出来了，但打开钱包的困难依然存在。她知道借助一根弹簧打开钱包，但弹簧的秘密她从未掌握过，也不想掌握。她的方法是反反复复地拨弄它，直至它打开。假如不是手忙脚乱的话，通常五分钟能打开。

终于，钱包打开了。说她打开了钱包并不正确，因为它是被胡乱拨弄得有些不耐烦而自己打开的，而且很有可能，是在它被倒拿着的那一瞬间打开的。如果你碰巧挨得很近，足以越过她的肩头看过去的话，你会注意到，金币和银币散乱地放在钱包里。在里面的最深处，小心翼翼地用第二根秘密弹簧保护着，那里放着她的铜币，加上一枚邮票，以及一张服装店的发票，那是九个月前的，金额是十一便士三法新。

我记得，有一次，一个公共马车的老售票员十分气愤。车里共有九个女人和两个男人。我紧挨车门坐着，因此他的话是冲着我说的。卖票当然要耗掉他一些时间，但我认为，假如不是那么慌忙急乱的话，他会做得更好一些；他粗暴对待她们，把她们搞得神经紧张。

“瞧那位，”他说，让我注意对面一位可怜的女士，她正在以惯常的方式摸索钱包，“她们老是坐在自己的钱上，女人都这德行。你要是不觉得她们在试图孵钱才怪呢。”

最后，那位女士从身子底下拖出了一个鼓鼓囊囊的钱包。

“想想看，坐在一辆颠簸摇晃的公共马车上，身子底下还垫着这么个玩意儿，”他继续说道，“想想该有多大的耐力。”他压低了嗓门。“我见过一个女人，”他说，“从身子底下掏出了一把大门钥匙，一个装止咳糖的铁盒子，一个铅笔盒，一个大得吓人的钱包，一包发夹，还有一个香水瓶。嗨，你我要是坐在一个光秃秃的门把手上，肯定难受死了，可她们这些女人一天到晚都这样。我猜她们准是习惯了。让她们坐在一个鸭绒枕头上，她们准会尖叫起来。让她们掏出两个便士真够费劲的，唉，简直叫人绝望。她们先这边摸摸，再那边摸摸，然后站起身来，不停地摇晃着，直至马车把她们颠回到座位上，她们在座位上摇晃得比先前更厉害。要照我的办法，我就让每一辆公共马车配一名女售票员，这样可以每次一个对她们彻底搜身，从她们身上掏出钱来。就拿那个可怜的扒手来说吧，照我说，一个人要是能把手伸进女人的口袋里，嗨，那才叫真本事。”

不过，正是想到一些更严肃的事情，才诱使我琢磨起女人的过分谨慎来。我有一个这样的理论——多半是错的，实际上真的有人这样告诉我——我们在选择生活道路时太过谨慎。我们永远低头看着地面。或许，我们避免了一两次被石头或荆棘绊倒，但我们同时也错过了蔚蓝的天空，错过了壮丽的群山。那些善良之人写的书告诉我们，生活中，他们所说的“成功”，有赖于丢开我们的青春，浪费我们的成年，为的是当我们七老八十的时候有财力安享晚年；这个观点让我恼火。我们积蓄一辈子，为的是投资于南海泡沫；在省吃俭用和精打细算中，我们越发变得吝啬、狭隘而冷酷。我们把采摘玫瑰的事推迟到明天，今天就该全力以赴地辛勤工作，全力以赴地讨价还价，全力以赴地密谋策划。看哪，当明天来临，当玫瑰花开；我们并不关心玫瑰什么的，这种毫无用处的东西没什么市场价值；等到明天来临，卷心菜什么的倒是更合我们的心意。

生活这种东西，是用来过的，而不是用来耗的。生活并不是一盘棋，胜利总属于棋艺最高的人；它是一局牌，你得凭技巧打好手里的牌。最聪明的人难道总是最成功的？我觉得不是。我遇见过的最幸运的牌手，是一个对什么是王牌都弄不太清楚的家伙，玩牌期间，他最常说的话是对自己搭档说：“真不好意思，请你原谅。”而搭档的回答通常是：“嗨，别老是道歉，结局好便万事大吉。”我认识的一个发财最快的人，是伯明顿郊区的一个建筑商，就连自己的名字都不会写，三十年来没有一天不是醉醺醺地上床。我并不是说，应当培养牌手忘掉什么是王牌。我认为，那个建筑商假如学会了写自己的名字，偶尔——也别太夸张——享受一个头脑清醒的夜晚，他可能更加成功。我希望你记住的是，美德并不是通往成功——我在这里所谈论的那种成功——的必由之路。我们必须找出做一个道德高尚之人的其他理由；或许有这样的理由。事实情况是，生活就是一场赌博，纯粹而简单，我们为成功而定下的规则，跟某一类傻瓜每个季节去赌城蒙特卡罗时所装备的那套万无一失的方法大致相当。我们可以冷静而明智地赌博，决定何时冒险一搏，何时小赌怡情；但是，认为智慧决定输赢，无异于幻想我们发现了机会的规律。我们不妨像运动员那样参与生活的赌博，赢了就微微一笑，揣进口袋，输了就耸耸肩膀，甩手走开。或许，我们为什么聚集到牌桌上、一圈圈地发牌的原因就在于：我们从中可以学到一个优秀赌徒的某些品质——他的自制力，他在倒霉背运时的勇气，他在成功压力下的谦逊，他的坚定，他的警觉，他对命运的处之泰然。所有这些，全都是好教材啊。如果通过牌局，我们学到其中的一些优秀品质，我们在这个绿色地球上度过的时间也就没有白白浪费。如果我们从牌桌旁站起身来，离开时只有烦躁不安和自哀自怜，那恐怕就是浪费时间了。

服务生敲了敲门：“五千亿零二十八号，你的船夫在等你，先生。”

这么说来，时辰已到？我们纷纷收拾起自己的筹码。它们有什么用呢？在河对岸的那个国度，它们一钱不值。血红色的代表黄金，淡绿色的代表爱情，我们该把它们扔给谁？这儿有个可怜的乞丐想玩玩，咱们出去的时候就把筹码给他吧。可怜的家伙！这赌局会让他开心——也就开心一会儿。

保持火药干燥，相信老天保佑，这是智者的座右铭。湿漉漉的火药对你任何用处也没有。干燥的火药，加上老天帮忙，可能会有点用处。我们把它称作天意，是因为这个名字比“运气”更好听一些——或许也更真实一些。

当我们根据自己的生活推论出什么道理时，我们犯下的另一个错误是：我们推理的时候仿佛是在为理性动物作安排。这大错特错。好心好意的绅士淑女在描绘他们的理想世界时便犯下了这个错误。当婚姻得以改革时，社会问题便迎刃而解；当贫困和战争在欢呼声中被废除时，罪恶和悲痛便在议会以压倒性多数被撤消了。啊，接下来，这个世界便值得我们生活其中。女士们先生们，我们用不着等待我们所预计的那么长时间。不需要社会革命，也不需要缓慢地教育人民。只要我们都是理性动物，这一切明天就会发生。

想象一个理性人的世界吧！十诫纯属多余：没有哪个理性的人会有罪，没有哪个理性动物会犯错。不会有富人，理性人干吗要喜欢奢华和炫耀呢？也不会有穷人，我干吗要吃掉足够两个人吃的东西，而我的兄弟——他像我一样是个好人——却在相邻的街道上忍饥挨饿，这不是理性的。在任何两个观点上都不会有意见的分歧：理只有一个。亲爱的读者，你将会发现，在所有问题上，你的意见都跟我一样。不会有人写小说，不会有人演戏，理性动物的生活承受不起戏剧。没有疯狂的爱情，没有疯狂的大笑，没有滚烫的泪水，没有强烈的、非理性的、短命的欢乐，没有悲痛，没有狂想——只有理性，理性无所不在。

但眼下，我们依然是非理性的。如果我吃掉这罐蛋黄酱，喝掉这瓶香槟酒，我的肝脏就会难受。那我为什么要吃呢？朱莉娅是个迷人的姑娘，和善、聪明而机智；她在一家啤酒厂里有股份。那约翰为什么要娶安妮呢？她脾气火爆，至少可以说，他觉得她不会是一个很好的家庭主妇，她想入非非，身无分文。安妮的下巴有什么东西让他着迷——到底是什么，他自己也没法解释。总的来说，两个人当中朱莉娅更好看一些。但他越是想到朱莉娅，就越被安妮所吸引。于是，汤姆娶了朱莉娅，啤酒厂倒闭了，而朱莉娅在一次度假中染上了风湿热，一辈子都是一个不可救药的病人；与此同时，安妮继承了一万英镑的遗产，是她在澳大利亚的一位谁也没听说过的叔叔留给她的。

我听说过一个年轻人，选择妻子时格外谨慎，他非常明智地对自己说："在选择妻子这件事情上，一个男人再怎么谨慎小心都不为过。"他确信，从各方面看，那个女孩都应该是他的伴侣。你期望一个女人身上具有的美德，她全都有，而且没有缺点，除了那些跟女人密不可分的缺点之外。实事求是地说，她十全十美。于是他娶了她，发现她跟自己想象的完全一样。他极力排斥她的，只有一件事情——他并不喜欢她。当然，这不是她的错。

要是我们能了解自己，要是我们总能肯定我们明天的想法跟今天一样，生活该多么轻松。我们在一个暑假陷入了爱河，她生气蓬勃，讨人喜欢，妩媚迷人；每当我们想到她，便会热血沸腾。我们最理想的职业，便是毕生在她的脚下效劳。有幸给她洗鞋擦靴，亲吻她衣裙的褶边——要是裙褶上有个小小的泥点，我们就更加高兴了——似乎是命运女神赐予我们的莫大幸福。我们告诉她我们的雄心壮志，那一刻，我们说出的每一个字都真心实意。但是，暑假过去了，随之而去的还有假日的心境，冬天发现我们正在琢磨如何摆脱我们自己深陷其中的困境。或者，大概更糟，那种心境比通常持续的时间更长。我们正式订婚了。我们结婚了——我倒是很想知道，究竟有多少婚姻是一种激情的结果，这种激情在到达教堂祭坛的栏杆之前便已焚烧殆尽？——三个月之后，小姑娘伤心地发现，给她系鞋带是一件令人厌恶的事。她的脚似乎比过去更大了。除非说我们都是愚蠢的孩子，否则实在没什么理由，我们究竟为什么而哭泣，在游戏中我们互相伤害，当我们伤害自己时，哭声就更大了。

我曾经认识一位美国女士，她总是连篇累牍地讲述她丈夫如何对她施暴，让我烦不胜烦。她着手对他提起离婚诉讼。案子随后审理了，她大获全胜。我们都向她表示祝贺，接下来的几个月里，她退出了我的生活。但忽然有一天，我们再次发现我们又在一起了。社交生活中有一个难题就是：见面时不知道该向对方说些什么；每个男人和女人的愿望都是想表现得很有同情心，而且聪明机灵，这使得交谈变得困难，因为，从各个方面来看，我们既没有同情心，也不聪明机灵——但这话只是顺便说说而已。当然，我开始跟她谈到她的前夫。我问她，他现在过得怎么样。她答道，她认为他过得很舒服。

“再婚了么？”我问。

“是的。”她答道。

“他活该，”我叫了起来，“他老婆也活该。”我这位美国朋友是个娇小漂亮、眼睛明亮的女人，而且我想讨好她。“一个女人愿意嫁给这样一个男人，而且知道她必定了解自己的底细，这肯定让他很不好受，我们完全可以相信，他准会是她的祸根。”

我的这位朋友似乎想为他辩护。

“我想他已经大有改观。”她争辩道。

“瞎说！”我回了一句，“一个男人决不可能变好。一旦是混蛋，就永远是混蛋。”

“噢，别嚷嚷！”她恳求道，“你千万别叫他混蛋。”

“为什么不？”我答道，“我曾听到你自己也叫他混蛋。”

“那是我的不对，”她说，脸红了，“恐怕不能只怪他一个人；那些日子里我们都很蠢，但我想，我们已经得到了一些教训。”

我一言不发，等她作出必要的解释。

“你最好是亲自去看看他，”她补充道，笑了笑，“跟你说实话吧，我就是他娶的那个女人。我星期二在家，K公馆二号。”她跑开了，把我丢在那里，目瞪口呆地看着她的背影。

我相信，要是有一位颇有魄力的牧师，在河岸街建一座小教堂，就建在法院大楼的外面，给刚刚离婚的两口子办理复婚，生意应该不错。我的一位朋友成了被告，他告诉我，他最爱自己的妻子分别有过两次——第一次是她拒绝自己的时候，第二次是她走上证人席，对自己作出不利的证词时。

“你们这些古怪的家伙，你们男人，”一位女士曾经当着我的面对一个男人说，“你们似乎从不知道你们自己在想什么。”

她对所有的男人都感到恼火。我不怪她，我自己有时候也对他们感到恼火。特别是有一个男人，我一直对他十分恼火。他说的是一回事，做的是另一回事。他说起话来像个圣徒，行为举止像个傻瓜，知道什么是对的，做的事情却总是错的。但我不想再说他了。总有一天他会成为他应该成为的样子，然后，我们就会把他装进一个垫得很舒服的漂亮盒子里，拧紧盖子，把他放到我所知道的一座教堂附近某个安静的小地方，免得他爬起来，再次胡作非为。

另外那个男人还算是个聪明人，他笑盈盈地看着那个公正批评他的人。

“亲爱的女士，”他答道，“你怪错人了。我承认我不知道自己在想什么，我也不喜欢我对此知之甚少。我不是有意这样，也不是选择这样。我对此比你更加不满。对我来说，比起对你来说，那是一个更大的谜团，我不得不去适应它。你应当可怜我，而不是责怪我。”

有时候，我很羡慕那些古代的隐士，他们坦率地带着勇敢的懦弱逃避生活的难题。有些日子里，我梦想着一种挣脱了无数细绳的生活，正是这些细绳，把我们的灵魂紧紧束缚在小人国里。我想象自己生活在挪威的某座高山上，俯瞰着下面岩石嶙峋的海湾里的那片黑水。没有其他人跟我争夺我的王国。我独自与窃窃私语的冷杉林和满天的繁星待在一起。我怎么生活，我不是十分清楚。我可以每个月下山去村里一次，然后满载而归。我需要的并不多。其余的东西，我的猎枪和钓竿将会保证我的供应。我会养两条大狗，它们用眼神跟我交谈，眼神里充满了无言的思想；我们将一起在高原上游荡，按照古老而原始的方式（当年的人们不曾梦想过十道菜的盛宴和萨伏伊的晚餐），寻找我们的午餐。我会亲自操刀掌厨，坐下来用餐，就着一瓶能启发思考的上好葡萄酒（老实承认，我这人有点言行不一，因为我会把这件文明的礼物带到我的隐居地）。接下来，在夜里，嘴里叼着烟斗，身边燃着篝火，我会坐下来思考，直至新的认识浮现在我的脑海。那些寂静的声音，曾经淹没在喧嚣的市声中，如今增强了我的力量，使我变得更加接近于上帝原本打算一个男人应当成为的样子——或许，可以瞥见生活的意义。

不，不，亲爱的女士，在这种与世隔绝的生活中，我不想要一个伴侣，肯定不想要你所认为的那种性别的伴侣，就算她愿意来——对此我深表怀疑。有些时候，一个男人没有女人更好，一个女人没有男人更好。爱情把我们从深渊中拖上来，使我们成为男人和女人，但是，如果我们要想进一步向上攀升，离星空更近一些，我们就必须跟爱情说再见。我们男人和女人并没有向对方展示自己最好的一面，更多的时候，展示的恐怕是最差的一面。女人对于男人寄予最高的理想就是爱她，而对一个男人来说，女人始终是可能被爱的对象。我们彼此能看到对方的内心，却看不到对方的灵魂。在对方的面前，我们从未让自己摆脱尘世的束缚。大自然这个媒婆总在身边提示我们。女人把我们提升到男人的位置上，但接下来，她要我们留在那儿。“向上爬到我这儿来，”她朝小伙子喊道，后者脚上脏兮兮的，走在泥泞的路上，“做一个真正的男人，这样你就有资格走在我的身边；要勇敢地保护我，要善良、温柔而忠诚；但不要爬得更高了，就待在我的身边吧。”殉道者、先知和尘世间最后希望的领袖，她将把他从梦中唤醒。她将扑上去抱住他的脖子，把他制服。

男人对女人说：“你是我的妻子。这几面墙壁之内，便是你的美洲大陆；你的工作，你的职责，都在这里。”没错，百分之九十九点九的情况都是这样；但男人和女人并不是用模子铸造而成，这尘世的工作各种各样。有时候，让她痛苦的是，一个女人的工作就在家庭之外。玛丽的职责并不是要对约瑟夫尽义务。

通俗小说中的主人公是这样一个年轻人，他总是说：“我爱你胜过爱自己的灵魂。”小说中我们最喜爱的女主人公是这样一个女人，她向她的爱人哭喊：“我愿跟你一起下地狱。”有一些男人和女人不可能这样回答——那些心怀梦想的男人，那些看见幻想的女人——从贝斯沃特的视角看，他们都是些不切实际的人。但是，假如贝斯沃特当初不是因为不切实际，它就不会成为和平的住所。

我们是不是把性爱的位置摆得过高？它的确是一种高贵的激情，但不是最高贵的。还有更宽广的爱，跟这样的爱比起来，性爱不过就像是照亮农舍的灯盏，比之于笼罩千山万壑的浩瀚月光。曾经有两个女人，这是我在大白天里看到的一出戏。她们打小就是好朋友，直至她们之间出现了一个司空见惯的麻烦——一个男人。一个柔弱而俊俏的家伙，从她们当中任何一个人的角度看，都不值得考虑。但她们两个都爱上了这个配不上她们的家伙。不过话说回来，要是她们不这样的话，根本就不会存在人口过剩的问题。这个可怜的倒霉蛋注定要被她们你争我夺。

她们之间的竞争，把她们两个人身上最糟糕的方面都暴露无遗。认为爱情只会提升一个人是错误的，它也可能贬低一个人。爱情是一场卑微的竞争，在旁人看来，争夺的目标明显是一项不能令人满意的奖赏。输掉的一方倒不妨让获胜的一方享受她的胜利，即使获胜的手段并不公平。可是，古老、丑陋而原始的激情在这两个女人身上被唤起了，婚礼的钟声只不过结束了大戏的第一幕。

第二幕不难猜想。要不是惨遭遗弃的妻子觉得沉默是更好的报复，这一幕本该结束于离婚法庭。

在第三幕，仅仅十八个月之后，那个男人死掉了——整出戏从头至尾，这似乎是发生在他身上的第一桩幸运之事。从一开始，他的位置必定是一个格外焦虑的位置。尽管他柔弱无力，你还是忍不住带着一定的同情之心看待他，当然，也并非没有掺杂娱乐的心态。大多数生活戏剧，依据观众一时的兴致，要么被看作闹剧，要么被视为悲剧。演员总是当作悲剧来演，不过话说回来，优秀的闹剧表演，其精髓正在于此。

就这样，合法美德赢得胜利，不法行为受到惩罚，要不是第四幕的话，这出戏准会被人贬斥为正统得令人生厌。第四幕表现了那个受到不公正对待的妻子如何去找那个她曾经不公正对待的女人，请求宽恕并给予宽恕。说来也怪，她们发现彼此依然爱着对方，丝毫没有改变。她们已经分开很长时间了；再次牵手，倍感亲切。两个孤独的女人，决定一起生活。在后期这段时间里熟悉她们的人都说，她们的生活非常美好，充满了优雅和高贵。

我并不是说，这样的故事非常普遍，但它比世人所相信的更有可能。有时候，男人没有女人更好，女人没有男人也更好。

自我崇高

在我早年的记者生涯中，经常遇到一个已经英国化的法国老人，他对人类的未来抱持一种让我百思不得其解的理论。他是个眼睛明亮、情绪热切的小老头。你觉得，对他来说，没有哪个安乐之乡是世外桃源。我们用自己欲望的石块建造我们的天堂：对古挪威那位红胡子老人来说，天堂就是有厮杀搏斗的敌人，有举杯痛饮的美酒；对热爱艺术的古希腊人来说，它就是一片栩栩如生的雕塑丛林；对红种印第安人来说，就是他充满欢乐的狩猎区；对土耳其人来说，就是他妻妾成群的闺房；对犹太人来说，就是他铺满黄金的新耶路撒冷；而对其他人来说，则依据个人品位的不同，受到他们想象力的限制。

对我来说，在我还是个孩子的时候，很少有什么东西比天堂更恐怖，假如天堂就像周围某些善良的人们向我描绘的那样。我被告知，假如我是个好孩子，就应当保持头发整洁，不逗猫弄狗，这样的话，当我死后，多半会去一个这样的地方，在那里，我将一天到晚一动不动地坐着，吟唱赞美诗。（想想看！这就是一个表现良好的健康孩子所得到的报酬）那里没有早饭也没有午饭，没有茶点也没有晚餐。一位老太太用下面这个暗示让我稍稍开心一点：可能有一点点吗哪打破这种单调沉闷；但想到没完没了的吗哪又让我感到乏味，我建议来点冰冻果子露或小甜饼，但这个建议被视为不虔敬，从而被轻蔑地拒绝。那里倒是没有学校，但也没有板球和棒球。人们让我相信，我根本不想再露一手天使的“绝技”：从天国的楼梯扶手滑下来。我唯一的乐趣就是唱歌。

“早晨一起床就开始唱吗？”我问。

“那里根本没有早晨，”这就是我得到的回答，“也没有白昼和黑夜。完全是没有尽头的漫长一天。”

“我们一直唱歌么？”我执意问道。

“是啊，你会非常快乐，你会一直想唱歌。”

“难道不会累吗？”

“不，你决不会觉得累，你决不会感到犯困、饥饿和口渴。”

“就那样永远继续下去吗？”

“是的，永永远远。”

“就那样继续一百万年？”

“没错，一百万年，再一百万年，然后再来一百万年。永远不会有结束。”

我至今还记得那些夜晚的极大痛苦，我醒着躺在那里，琢磨这个无休无止的天堂，似乎没有逃离它的任何可能；因为另外那个地方同样是永恒的，不然的话，我可能忍不住要去那里寻求庇护。

我们这些已经长大成人的家伙，我们的脑子因为慢慢养成了不思考的习惯而变得迟钝，很不公正地用这些可怕的话题折磨孩子们。永恒，天堂，地狱，对我们来说都是一些毫无意义的词汇。我们喋喋不休地祈祷时，翻来覆去重复这些词汇，告诉我们沾沾自喜、洋洋自得的自我：我们都是不幸的罪人。但孩子是这个国度“聪明的陌生人”，正在寻求知识，对他们来说，这些东西都是可怕的现实。亲爱的读者，如果你怀疑我说的话，不妨在某个夜晚，独自站在星空之下，把“永恒”这个观念琢磨清楚。你接下来的地址准是郡立精神病院。

我那位生性活跃的法国朋友对人死后的生活所抱持的观点比普通人更乐观。他的信念是，我们注定要不断改变，不停工作。我们将穿过更老的行星，到更大的恒星上去劳作。

但是，对于这样一项先进的事业，需要更大的能力。他坚持认为，我们当中没有一个人足以担负起未来的全部存在。他的观念是，我们当中两个、三个或四个人，将会结合起来，组成一个新的、更重要的个体，适合于更高的存在。他指出，人已经是兽的集合体。“你和我，”他说，先敲了敲我的胸膛，再敲了敲他自己的胸膛，“我们这里面全都有——猿、老虎、猪、母鸡、斗鸡、蚂蚁，我们全都是，它们在我们身上合而为一。因此，未来的人，将会由很多人组合而成——一个人的勇气，另一个人的智慧，第三个人的善良。”

“就拿一个实干家来说吧，”他继续说道，“比方说市长大人，给他加上一位诗人，比方说斯温伯恩，再把他们跟一个宗教狂热分子相混合，比方说布思将军。你就会得到一个适合于更高生活的人。”

他认为，加里波第和俾斯麦将制造一个非常优秀的混合物，互相纠正对方；如果必要的话，可以添加一点易卜生的精华，作为佐料。他认为，爱尔兰政客与苏格兰牧师混合效果很棒；牛津大学导师配女小说家相得益彰。他相信，托尔斯泰伯爵，结合几个寻欢作乐的小伙子（那时候我们把他们称作“花花公子”），再加上一个幽默作家——承蒙他好意，建议就用我自己——将会生产出上等精品。他设想，伊丽莎白女王大概可以留着——让我们希望在遥远的将来——配韦达。在这里，他的理论是用我的话陈述的，不是他的原话，听上去似乎有点异想天开；但这位老伙计说的时候一本正经，以至于我们当中很少有人想到发笑。实际上，在那些繁星闪烁的夜晚，在从办公室下班回家的路上，有时候我们会在滑铁卢桥上停下来，欣赏维多利亚堤岸上那一长串灯光的魅力，此时此刻，听他说着，我几乎相信他的那些梦想未必没有可能。

即使就今生今世而言，倘若把我们当中的几位滚轧在一起，或煮作一锅，或者不管是什么必要的工序吧，从而用我们做成个什么东西，常常也会是有所得，而不是有所失。

我公正的读者，你难道不曾暗自思量，汤姆身上的这个，加上哈里身上的那个，再加上迪克身上另外的东西，该是一个多么令人愉快的丈夫啊？汤姆总是乐乐呵呵，脾气也很好，但你觉得，在生活中某些严肃的时刻，他就有所不足了。没错，当你开开心心时，他是个令人愉快的丈夫；但是，当你遇到麻烦的时候，你不会去他那里寻求安慰和力量，不是么？

不，在你悲伤痛苦的时刻，要是严肃认真的哈里在你身边该有多好！哈里是个“好人”。归根到底，他没准是三个人当中最好的——实在、可靠而忠诚。遗憾的是，他琐碎平庸，胸无大志。你的朋友不了解他那些藏而不露的纯正品格，几乎不会妒忌你；一个没有其他姑娘妒忌的丈夫——唉，总会有些令人遗憾，是不是？另一方面，迪克机灵而聪明。他前途无量；你确信，有朝一日，一个女人准会为自己被冠以他的姓氏而自豪。要是他不那么自我中心就好了，要是他更有同情心就好了。

但是，三个人的结合，或者毋宁说是三个人优秀品质的结合——汤姆的好脾气，哈里温柔的力量，迪克聪明的专横——那才是一个配得上你的男人。

大卫·科波菲尔想要的女人是阿格尼丝与多拉合二为一。他不得不先娶一个，然后再娶另一个，这样做似乎并不那么美妙。他真正爱的实际上是阿格尼丝，狄更斯先生；或者，仅仅是你觉得他应该爱她？恕我直言，可我对科波菲尔的第二段婚姻表示怀疑。来吧，我保证不告诉别人，狄更斯先生，大卫是个好人，他是不是时不时地对完美无瑕的阿格尼丝感到厌烦呢？她是个好妻子，我敢肯定。她从未成桶地订购牡蛎，却从不打开；任何一天邀请特拉德尔来家里吃饭都不成问题。事实上，就算索菲和整个玫瑰园陪他一起来，阿格尼丝照样应付裕如。晚餐的烹制和上桌都尽善尽美，阿格尼丝甜美的微笑始终洋溢在餐桌旁。可晚餐之后，大卫和特拉德尔独自坐在那里抽烟，而客厅里飘来圣洁的阿格尼丝演奏出的高雅而清新的音符，此时此刻，他们难道从来没有暗地里瞟一眼他们之间的那把空椅子，眼前浮现出一个蠢不可言——聪明的男人感谢上帝创造了这些蠢女人——的小女子那张披着鬈发的笑脸，并暗自希望，不管怎样，这张脸有血有肉，而非虚幻的影子。

噢，你这个愚蠢的聪明人，竟然想重塑人的天性！你难道看不出交到那双孩子气的手中的工作多么重大吗？你难道认为造就一个男人的全部工作就在于井井有条地持家和温文尔雅地谈话吗？愚蠢的多拉，由大自然这位聪明的老魔法师打造成形，她懂得柔弱和无助是唤起男人身上的力量和温柔的法宝，不要过多地操心那些牡蛎和半生不熟的羊肉，小女人。年薪二十镑的普通优秀厨师将会为我们操心这些事情；而且，要是偶尔有一笔意外横财落入我们的腰包，我们还可以一起到价格适中的餐馆里吃上一顿，在那里，这些事情做得更好。亲爱的，你的工作就是教会我们温柔和善良。把你的鬈发搁在这儿，孩子。我们正是从你这样的人那里学到智慧。愚蠢的聪明人讥笑你，愚蠢的聪明人从园子里拔除无用的百合和无益的玫瑰，只栽种能吃而有益的卷心菜。但园丁更解风情，他栽种愚蠢而短命的花草；愚蠢的聪明人问他种这些有什么用途。

至于阿格尼丝，狄更斯先生，你知道她一直让我想到什么吗？你不会介意我说出来吧？——我想到了从书上读到的女人。老实说，我并不相信世间有这样的女人。我不是特指阿格尼丝，而是指她那种类型的女人，我们从书上读到的完美无瑕的女人。女人有很多缺点，但多亏了上帝，她们有一个补偿性的优点——她们当中没有一个人十全十美。

但小说中的女主人公，唉，她是一个品德高尚的可怕怪物。但愿老天爷保佑我们这些可怜的男人——尽管我们不配受到保佑——千万别让我们跟小说中的女主人公度过一生。她浑身都是灵魂、心灵和才智，没有半点让人可以把握的人性。她的美貌令人恐惧，极其难以形容。她来自哪里？她去往何方？我们为什么从未遇到过她这样的人？我认识的女人也算不少，我在她们当中寻找她的原型，但我找不到。我认识的所有这些女人，全都妩媚迷人，全都貌美如花。女士们，告诉你们我尊敬和崇拜你们所有人对我来说并不恰当。你们自己脸红了，第一个出来制止我的热情。然而，亲爱的女士们，即使通过我的眼睛来看，你们也没法跟我从书上读到的那些女士相比。你们——恕我说一句很有表现力的粗话——差了好几条街。我可以直视你们的美貌并保持理智——不管对我来说要付出怎样的代价。我承认，你们的谈话极其聪明而智慧，你们的知识广博而多样，你们的文化修养完全是波士顿式的；然而，你们还是没有——我几乎不知道如何表达——没有像小说中的女主人公那样闪耀着二八佳人的花样光华。你们没有——为此我感谢你们——让我觉得你是尘世间唯一的女人。你们，即使是你们，也有自己的脾气。我倾向于认为你们会对自己的衣服感兴趣。我甚至不敢肯定，你们不会把“你们自己的头发”（你们懂我的意思）与你们头上的头发混在一起。你们的性情气质中有一丝虚荣，有一点自私，有些许懒惰。我知道你们有点儿不讲道理，有点儿不体谅别人，有点儿吹毛求疵。不像小说中的女主人公，你们有一定的人类欲望和本能，有一点人的愚蠢，多半还有一项人的缺点，或者，我难道要说两项么？总而言之，亲爱的女士们，你们甚至像我们男人一样，也是亚当和夏娃的子孙。如果你们知道的话，请告诉我，我到哪里可以遇见你们那位超自然的姐妹，那个我们从书上读到的女人。她从不为梳妆打扮而让别人等上片刻，她从不因为找不到自己的靴子而跟家里的每一个人发火，她从不斥责仆人，她从不对孩子发脾气，她从不砰地关上门，她从不嫉妒自己的妹妹，除了她爱上的那个之外，她从不和其他表兄弟在门口逗留。

天哪！他们把这些书上的女人藏哪儿了？我猜他们准是把这位漂亮女孩藏到艺术里了。你见过她的，亲爱的读者，你难道没见过图画中的漂亮女孩吗？她跳过有六道门的大门，足足超出了一码半；她骑在马背上转过身，同时对后面那个滑稽男人微笑着说话，而后者当然是倒立在沟里。在暴风雨的早晨，她优雅地漂离迪耶普。她的浴衣——通常是雪纺绸的，带有针绣花边——每一条曲线都完好无损。在她周围沐浴的那些老妇人看上去就像落汤鸡。她们的浴衣湿漉漉地紧贴着她们的大腿。但画中的漂亮女孩潜入水中，头发纹丝不乱。画中的漂亮女孩轻盈地踮足而立，截击一个高于头顶六英尺的网球。画中的漂亮女孩让平底船的船头一直迎着激流和狂风。她从未让水打湿自己的衣袖、后背和垫子。她的船篙从未戳入烂泥中，十码外的蒸汽船上那个男人正朝另一边看。画中的漂亮女孩穿着法式高跟鞋溜冰，与冰面呈四十五度角，双手抄在手笼里。她从未扑通一声坐下，双脚分开，大呼："哎哟！"画中的漂亮女孩在旅游旺季驾着双轮马车驶过皮卡迪利大街，时速十八英里。她的领头马从未想到眼下到了掉头转弯的时刻。画中的漂亮女孩骑着自行车在集市日穿过城镇，载着一篮鸡蛋，笑意盈盈，左顾右盼。她从未脱开把手，也未撞上一头母牛。画中的漂亮女孩头顶灼热的骄阳，穿着透孔长袜去钓鲑鱼，发间插着一簇露珠闪烁的报春花；每一次优雅地甩杆，都会拖出一条鲑鱼。她从未被树枝缠住，也没有勾着小狗。她从未湿漉漉、气哼哼回到家里，告诉你她钓着了六条，但全都放了回去，因为它们都只有两三磅重，不值得劳心费力带回来。画中的漂亮女孩单手玩槌球，看上去她仿佛很喜欢这项运动。她从未试图趁人不注意把球踢进位置，也从未明知没有通过却坚持说自己的球过了一个拱门。

画中的漂亮女孩是一个优秀的全能运动员。我对她唯一不认同的是：她让你对画外的姑娘感到不满——正是画外那个姑娘，把平底船误当作手转陀螺，因此让你下船上岸时觉得自己仿佛在比斯开湾待了一天；她时不时地用粗大的篙头把你打得晕头转向；她溜冰时并不把双手抄在手笼里，而是伸向天空，说道："我要溜了。"她倒是真的溜走了，只是当心你要被她带着一起溜走；当你斥责她并试图安慰她时，她愤愤不平地向你解释，那匹马转弯太急，没有注意到里程碑；她的头发泡在海水里并没有任何改进。

用不着有任何怀疑：他们就把小说中的好女人藏在那儿了，他们就把画中的漂亮女孩藏在那儿了。

你们是否想过，尊敬的作家们，你们正在给我们带来极大的烦恼？这些女人集维纳斯、圣塞西莉亚和伊丽莎白·弗莱于一身！你用自己热情洋溢的文字为我们描画她们；你这样做很不厚道，因为你必定知道，我们不得不忍受的女人是个什么样子。

我们这些男人和女人，假如不是那么把对方理想化，会不会更幸福一些呢？我亲爱的年轻女士，对命运女神你没什么可抱怨的，我敢向你保证。松开你那双漂亮的小手，离开那扇逐渐暗下来的窗口。杰克是个不错的家伙，他配得上你，不要贪心不足。亲爱的，加拉哈德爵士么——加拉哈德爵士在日落那边的国度里骑马厮杀，距离这个喧嚣吵闹的小小地球足够遥远，而在这里，你我大量的时间都花在闲谈聊天、打情骂俏、穿衣打扮和看戏娱乐上。此外，你必须记住，加拉哈德爵士是个单身汉；作为一个理想主义者，他很聪明。就现如今这个毫无田园牧歌情调的世界上的骑士而言，你的杰克绝对不是一个蹩脚的骑士。他身上有很多坚实可靠的诚实品质，他从不搔首弄姿，装腔作势。我承认，他并不杰出；但是，亲爱的，你尝试过杰出的男人么！是的，杰出的男人在客厅里非常不错，在社会新闻里读到关于他的消息也很有趣：你会发现，他的大多数品质都在那里；听我的忠告吧，不要太过贴近观察他。你应该对杰克心满意足，还要感谢老天爷他并不比现在更差劲。我们不是圣人，我们男人没有一个是圣人；我们美妙的思想，恐怕都写在诗歌里，而不是在行动中。亲爱的年轻女士，心灵纯洁、侠骨柔肠、毕生奉献给高贵行为的白马骑士不大可能生活在我们这里。他们尝试过，他们当中有那么一两个人尝试过，可这世界——你和我，这世界由你和我组成——通常让他们忍饥挨饿，对他们嘲笑起哄。如今他们没几个留下来了：就算有人帮你找到一个，你以为你愿意做他妻子吗？你愿意在克勒肯维尔区[①]的两间带家具的出租房里跟他一起生活吗？你愿意在一张架子床上跟他一起死去吗？一百年后，他们会给他竖起一尊雕像，你可能作为与他同甘共苦的妻子而备享殊荣。你以为你是一个足以做到这种地步的女人吗？如果不是的话，那就庆幸你已经得到了我们这些并不杰出的男人中的一个，供你一个人独享专用，这世界上他最懂得的事情就是欣赏你。你也并不杰出。

我们这些凡夫俗子身上并非没有优点，可你得去发现，仅此而已。我们并不像你认为的那么平庸。即便是你的杰克，他好吃，谈起话来三句不离体育新闻——没错，我承认，当他躺在安乐椅上打鼾时，他并不有趣；但是，你信也好，不信也罢，杰克身上有着伟大英雄的素质，只要命运女神对他更仁慈一些，让他别那么安逸。

杰基尔博士那件宽大的马甲底下，藏着的不是两个自我，

---

① 克勒肯维尔区：位于英国伦敦东北部，原是伦敦废弃工业仓库的不毛之地，现成为全英著名的艺术园区，吸引众多美术爱好者前往。

而是三个——不仅仅是海德，而且还有另外一个，比杰基尔更伟大——一个接近于天使的人，就像海德接近于魔鬼一样。那些脑满肠肥的实业家，那些寻欢作乐的花花公子，那些耕地时牵马的耕童，药剂师，小偷，每个人的体内都藏着英雄，只要命运之神这位雕刻师愿意使用他的凿子。我们时不时地注意到那个小娼妓，因为院子的尽头常常是我们的必经之路，没有任何东西让她显得与众不同。她并不十分干净，偶尔还说粗话——不过是街头野鸡而已；我们提心吊胆，生怕自己孩子的斗篷碰着她。

一般说来，地区验尸官本人并不是诗人，但他擅长发现诗歌，埋藏在不大可能发现诗歌的垃圾堆里。一天早晨，验尸官告诉了我们她的更多情况。她每周挣六个先令，靠这点收入养活卧病在床的母亲和三个年幼的弟妹。她集家庭主妇、保姆、母亲、挣钱养家的人于一身。是的，小说之外也有女主人公。

粗野无文的汤姆也是如此，他赢得了维多利亚十字勋章——他冒着枪林弹雨冲了出去，营救了那面千疮百孔的国旗。谁会想到粗野无文的汤姆会做出这事呢？人们总以为村里的啤酒屋是他的奋斗目标。机会降临到汤姆身上，我们便发现了他。命运之神对哈里就不那么仁慈了——酗酒，打老婆，人们都说：埋了他，这样我们就彻底摆脱了他，他百无一用。我们真的肯定吗？

我们要承认，我们都是罪人。我们当中那些敢于审视自己的人都会认识到，我们能够干下各种卑劣的勾当，犯下太阳底下各种罪恶。只是碰巧由于环境的原因，在警察警惕性的帮助下，我们犯罪的可能性才只有我们自己知道。不过，承认我们的邪恶之后，不妨也承认我们有能力变得伟大。那些为了良心而毫不畏缩地面对死亡和酷刑的殉道者，都是一些像我们自己一样的男人和女人。他们也有自己不好的一面。在日常生活小小的考验面前，他们无疑也像我们一样跌倒过。他们绝对不是人类的精华。他们当中很多人是小偷、杀人犯、生活放荡的人和行为不检点的人。但高尚的品德也在那儿潜伏着，总有一天会显露出来。他们当中，必定有做买卖时欺骗街坊邻居的男人，必定有打骂老婆孩子的男人，必定有自私自利、飞短流长的女人。在太平时期，他们的美德除了造物主之外可能谁也不知道。

在每个时代和每个时期，当命运之神号召男人和女人们显示出男儿气概时，人性总是会及时响应。那些被恐怖统治所攫住的法国贵族，他们是可怜的一群人：怯懦，自私，贪婪，就是他们的生活方式。然而，即使在他们身上，也必定有好的一面。当他们渺小生活中一些他们认为重大的渺小东西被一扫而光时，当他们发现自己与现实正面相对时——就连他们也会显示出男儿气概。可怜的查理一世总是推诿逃避，被软弱和愚蠢的硬壳所覆盖，但实际上，我们最终发现他是一个伟大的绅士。

我喜欢听关于伟大人物渺小一面的故事。我喜欢想到莎士比亚贪杯好酒。我甚至坚持相信关于朋友本·琼森最后那场有失体面的狂欢的传闻。这个故事多半不是真的，但我希望它是真的。我喜欢把他想象成一个偷猎者，一个没有出息的乡村废物，遭到当地小学老师的斥责，受到当时地方治安官的训诫。我喜欢琢磨克伦威尔鼻子上有一个瘤子，想到这个就让我对自己的容貌更加满意。我喜欢想到他把糖果放在椅子上，看着穿戴漂亮的女士弄脏她们的连衣裙；并告诉自己，他对愚蠢的玩笑捧腹大笑，就像伦敦东区任何一个哈里在银行休假日喷射脏水时一样。我喜欢读到卡莱尔朝自己的妻子扔熏火腿，偶尔因为一些小小的烦恼让自己变得滑稽可笑，而一个头脑正常的人准会对这样的烦恼一笑了之。我想到我一个礼拜干下的五十件蠢事，并对自己说："我也是个文人。"

我喜欢想到，即便是犹大也有高尚的瞬间，在他为善的时刻，他愿意为他的主人牺牲生命。即便是他，在人生旅途结束之前，大概也会记起一个声音对他说："你的罪赦了。"即便在犹大身上，必定也有优点。

美德就像石英中黄金：数量不是很多，要费很大的劲才能提取它。但大自然似乎认为，如果她可以把自己的宝贵金属藏在里面的话，创造这些巨大而无用的石头还是值得的。大概，就人性而言也是如此，大自然不大在意那大堆的渣滓，只要能通过碾压和冲洗从里面提取一点点黄金，足以补偿她为打造这个世界而付出的劳动。我们很奇怪她为什么要劳心费力去制造这些石头。黄金为什么不能以天然金块的形式躺在地面上？她的方法对我们来说是秘密。或许，石英有它存在的理由。或许，邪恶和愚蠢也有它们存在的理由，美德的细微血脉从中流过，粗心大意的人是看不见的。

是的，石头占绝大多数，但黄金还在那儿。我们要求评估它的价值。人的身上有着无以言表的邪恶。我们是恶中之恶，是渺小的邪恶之人。但我们也是伟大的。堆起我们罪孽的砖块，直至高塔叩响天国之门，要求报仇雪耻，但我们依然是伟大的——没有经受过诱惑的天使达不到这样一种伟大和美德。人类种族的成文历史就是一部残酷、谎言和压迫的漫长历史。假如这部成文记录便是一切，你认为这个世界还会围绕太阳运行到今天吗？索多玛城，假如在它的城墙之内找出了十个正直的好人，上帝也会饶恕它的。世界被它的正直之士所挽救。历史看不见他们；它只是报纸，是对意外事件的报道。根据这个来评判你的一生么？那你就应该相信，真正的婚姻神庙是离婚法院；世间只有两类人：小偷和警察；一切高贵思想都只是政客的流行语。历史只看到摧毁一切的大火，对温馨的壁炉毫不留意。历史记录罪过，但是，坚韧的受苦受难，英勇的努力奋斗，就像大自然给耗尽热情的土地重新披上绿装的那个温和过程，消除着曾经的罪过，而历史却对它们视而不见。在那些残酷和压迫的日子里——这样的日子恐怕并不完全属于过去——必定生活过仁慈善良的男男女女，用他们的帮助和同情，治疗那些受伤的人，否则他们就会死去。紧跟在窃贼的后面，伴随着刀剑和马刺的铿锵声，骑着毛驴而来的，是乐善好施的撒马利亚人。这座尘世邪恶的金字塔——上帝保佑，它高高地升起，几乎遮蔽了太阳。可是，人类善行的记录，它写在孩子们的笑声里，写在情侣眼眸的光亮中，写在年轻人的梦想里：它不应该被遗忘。迫害之火充当了熊熊的火把，向天国彰显人类身上的英雄主义。从暴政的土壤里，滋生出了自我牺牲的精神和争取正义的勇气。残忍！不就是卑鄙邪恶的肥料吗？正在为温柔和怜悯之花准备肥沃的土壤。仇恨和愤怒古往今来就一直互相叫骂，但爱和慰藉的声音同样存在，悄声低诉，口耳相传。

我们做过坏事，但上苍作证，我们也做过好事。我们有权要求公正。我们为朋友两肋插刀：人类之爱莫过于此。我们为正义而战斗。我们为真理而赴死——我们所认为的真理。我们有过高尚的行为，我们过过高尚的生活，我们安慰过伤心人，我们救助过羸弱者。失败，跌倒，在蒙昧中我们多有失足，但我们奋斗过。为了大批的正义忠诚之士，为了数不清忍辱负重、满怀爱意的女人，为了值得同情的人和乐于助人的人，为了那深藏在我们内心中的善——上帝啊，请宽恕我们吧。

人的母性

这只是一块破玻璃。从它的形状和颜色看，我要说，在它更幸运的日子里，它应该是一个廉价香水瓶的组成部分。它孤零零地躺在草地上，在清晨的阳光下闪闪发光，无疑显示出了它最好的一面。这块破玻璃吸引了他。

他翘起头，用右眼看看它；然后跳到另一边，再用左眼看看它。无论用那只眼睛看，它似乎都同样令人满意。

不消说，他是一只涉世不深的秃鼻乌鸦。任何一只年龄大一些的乌鸦对这玩意儿都不会看上第二眼。实际上，你肯定会想，他自己的本能可能已经告诉他，那块破玻璃出现在鸟窝里就是一个错误。但它闪闪发光，太有吸引力了，让他无法抗拒。我怀疑，在他的家族繁衍期间，某个时候想必有过一次门不当户不对的婚姻，没准更糟。兴许有喜鹊的血统？——你知道喜鹊的性格，或者毋宁说是没有性格——这种事情曾经发生过。但我不会沿着这条如此痛苦的思路追踪得更远，我抛出这个暗示，不过是作为一种可能的解释，仅此而已。

他跳到了更近的地方。这闪光的彩虹碎片，莫非是一种甜美的幻觉，是一种走近前去便会黯然消退的美丽幻影，就像乌鸦生活中很多不可理解的事物一样？他向前冲了过去，用鸟喙啄了啄它。不，它是真的——是一块任何新婚秃鼻乌鸦都想要的非常漂亮的边缘参差不齐的绿玻璃，可以随意拿走。她准会喜欢。他是一只好心的乌鸦；单从他那上翘的尾巴便能看出他的认真，虽说努力的方向可能不大对头。

他把它翻了过来。这东西搬起来很困难，它有很多棱角。但他最终还是成功地把它叼了起来，他生怕其他鸟跑来跟自己抢，于是急急忙忙地，立即叼着它飞走了。

第二只鸟从那棵椴树上一直注视着整个过程，并叫住了另一只正从这里飞过的鸟。虽说我对鸟语所知有限，但我发现，听懂他们的谈话并不是什么难事，它是如此清楚明白。

“以萨迦！”

“嗨！”

“你怎么看？西布伦找到了一块破瓶子的碎片，要拿它去垫自己的鸟窝。”

“不会吧！”

“千真万确。你瞧他。去了那边，把它叼走了。”

“哦，真是——！”

他们俩笑得前仰后合。

但西布伦没理会他们。就算无意中听到了他们的对话，他多半也会视之为嫉妒。他径直飞向了他自己的那棵树。我站在窗前，左脸颊紧贴着窗玻璃，能够追踪他的飞行。他正在我们称之为榆树马场的地方筑巢——那是一个新的近郊住宅区，仅仅上个季度才出现，但发展很快。我想看看他妻子会说什么。

起初她啥也没说。在筑好了一半的鸟巢旁边的树枝上，他小心翼翼地把那玩意儿放下了。她伸头看了看它。

接下来，她看着他。大约有一分钟，双方都没说话。我看得出，场面变得有些紧张。当她终于开口时，声音压得很低，始终透着一丝疲倦。

“这是啥？”她问。

她的态度明显让他的心凉了半截。正如我前面说过的那样，他是一只涉世不深的秃鼻乌鸦。这只母乌鸦显然是他的第一个妻子。他对她有些敬畏。

“嗯，我也不太清楚这玩意儿叫啥。”他答道。

“噢！”

“可是，它很漂亮，不是么？”他补了一句。他挪了挪那块玻璃，想放到太阳能照到的地方。很明显，他心底里承认，在暗处看，它的魅力就大为失色了。

“噢，是啊，很漂亮，”她回了一句，“或许你想告诉我你要拿它做什么。”

这个问题让他更加不自在。他越来越觉得，事情并不像他预期的那样成功。

“当然，它并不是一根细树枝。”他开始解释。

“我看出了它不是。”

“是啊，你瞧，这窝里几乎全是细树枝，但我想——”

“哦，你还真的想过。”

“是啊，亲爱的。我想——除非你觉得它太招摇，我想我们可以让它在某个地方发挥点作用。”

接下来，她发火了。

“噢，是吗？你认为这是个好主意吗？我好像嫁了个天字第一号傻瓜，真的。你去了二十分钟，给我带回一块八个角的破玻璃，竟然认为它可以在这窝里‘发挥点作用’。你很高兴看到我在这玩意儿上面坐上一个月是吧。你认为它可以做一张很好的床，好让孩子们躺在上面是吧。我猜，你是不是认为，如果再次出去你会设法找一口袋五花八门的大头针？它们看上去很漂亮，可以在某个地方发挥点作用，是不是？去，滚一边去。我独自筑完这巢。”她对他总是这样粗暴。

她抓起那个令人不快的东西——它是一块相当重的玻璃，使出全身的力气把它扔到了树的外面。我听见它哗啦一声砸穿了黄瓜架子，使得黄瓜架子上的玻璃在这个礼拜破了第七块。树枝上的那两口子最糟糕。他们的建筑设计是我听过的最铺张、最荒唐的。他们吊上去的材料是他们可能使用的十倍；你可能以为他们要筑一排房子，然后作为公寓出租给其他秃鼻乌鸦。接下来，他们再把不想要的材料扔下来。假设咱们人类有一对夫妻，比方说要在皮卡迪利广场建造他们的家；假设丈夫整天爬上梯子源源不断地把砖块搬上来让妻子砌，从不问她要多少，也不问她搬上来的砖块是不是够了，只是不管不顾地堆着砖块，把他能找到的每一块砖都搬上去。再假设，当夜幕降临，环顾四周，他们发现，大约有二十车砖块放在脚手架上没有使用，于是，他们开始朝滑铁卢广场往下扔这些砖块。这样一来，他们准会陷入麻烦，肯定会有人找他们理论。现在，那两只鸟干的正是此事，却没人跟他们说一个字。推测起来他们应该有一位总统，独自生活在起居室窗外那棵紫杉树上。我想知道的是，他究竟有什么用。我想要他看着点的正是这种事情。我想，哪天夜里，当那两只鸟正在收拾残局时，他要是正好在下面就好了；接下来，他大概会做点什么吧。我什么招数都用尽了。我朝他们扔过石头，自然而然，石头再次落回到地面，打碎了更多的玻璃。我用左轮手枪朝他们一通乱射，但他们把这一行为看作是我这方面心情愉快的一种表达，大概把我混同于沙漠里的阿拉伯人。据我了解，那些阿拉伯人就是用这种方式表达他们内心深处的情感。他们只是退到安全距离之外，看着我，无疑把我看作是一个蹩脚的表演者，因为每次射击的间歇，我们又手舞足蹈，大喊大叫。我不反对他们在那儿筑巢，只要他们筑得明智就行。我希望有个他们重视的人去说说他们。

夜里你可以听到他们说话，讨论这堆多余的材料问题。

“别再干了，”他说，叼着最后一批材料飞了上来，“你会把自己累坏的。”

“嗯，我觉得确实有点累。”她答道，一边跳出鸟窝，伸直了腰。

“我想，你也有点饿了吧，”他同情地补了一句，“我知道自己饿了。我们下去找点吃的，走吧。”

“这些东西怎么办？”她一边打扮一边问道，“我们最好是别把它们乱放，看上去真够乱的。”

“嗯，我们马上把它们处理掉，”他答道，“我一会儿把它们扔下去。”

为了帮他，她抓起一个树枝，正要扔下去。他冲上前，一把夺了过来。

“别把这根浪费了，”他喊道，“这一根很罕见。你瞧好了，我用它来砸那老头。”

他真砸了。园丁说了些什么，你就自己想象吧。

从他修造的建筑来判断，秃鼻乌鸦科在智力上仅次于人类。从我所接触过的某些人科成员表现出的智力来判断，我完全相信这个说法。秃鼻乌鸦会说话，对此我很有把握。任何人只要盯着一群秃鼻乌鸦看上半个小时，都会相信这一点。他们之间的谈话是不是一直都机智而风趣，我不敢妄言；但是，有很多机智而风趣的谈话，这倒是可以肯定。我认识一个年轻的法国绅士，来英国学习语言，他告诉我，伦敦的第一次社交晚会给他留下的印象是一个鹦鹉笼子。后来，当他理解之后，他当然认识到了伦敦普通的客厅谈话的才华和深度；但在他没有理解的时候，他最初的印象就是这样。听一群秃鼻乌鸦聒噪的经历大致也是如此。在我们听来，这样的交谈毫无意义；而秃鼻乌鸦自己可能把它描述为机智而风趣。

我认识一个遁世者，他几乎从不参加社交聚会。有一天，我和他争论这个问题。“我为什么要参加？”他答道，“比方说我认识十来个男人和女人，跟他们交往很愉快；他们有自己的想法，也不怕说出来。跟这样的人进行智力上的碰撞是一件珍贵而美好的事情，我为拥有他们的友谊而感谢上苍；但对我打发闲暇时光来说，他们已经足够了。我还要什么呢？你们大家那样劳神费力的‘社交聚会’是个什么东西？我试过，发现它并不令人满意。仔细分析起来，它是什么呢？有个我不怎么认识他、他也不怎么认识我的人，请我去你们所说的‘家庭聚会’。夜幕降临，我干完了一天的工作，吃过晚饭，去看一场戏或听一场音乐会，或者与一位朋友度过令人愉快的个把小时。这时，我最想做的事情就是上床睡觉，但我还是打点起精神，穿上礼服，坐车去了那幢房子。我在门厅里脱下我的帽子和外套，此时，一个人走了进来，几个小时前我在俱乐部遇到过此人。我对他没什么印象，他对我大概也一样。我们头脑里没有共同的想法，但谈话还是免不了的，于是我对他说今晚天气很暖和。天气也许暖和，也许不暖和，无论哪种情况他都会同意我的话。我问他是否打算去阿斯科特。其实我一点儿也不在乎他去还是不去阿斯科特。他说他不是十分肯定，却问我一千几尼押西番莲胜算几何。我知道，在这个问题上他根本不会把我的意见当回事——要是当回事那才真是傻瓜；但我还是绞尽脑汁地回答他，仿佛他要根据我的建议押上自己的衬衫似的。我们来到了一楼，都很高兴摆脱了对方。我突然瞥见女主人的眼睛。她看上去疲惫而焦虑；躺在床上她会更愉快一些，只是她不知道这一点。她甜美地微笑，但很显然，她对我全无印象，正等着从管家口中听到我的姓名。我低声告诉了管家。他或许听清了，或许没听清；这完全无关紧要。他们邀请了两百四十个客人，其中大约七十五个人他们还算面熟，而其余的人，任何碰巧路过的人，只要像剧院广告上所说的‘穿着打扮和言行举止像个绅士’，都可以胜任。实际上，我有时候很奇怪，人们为什么要劳神费力花钱发请帖。门口站一个挂广告牌的人，就可以达到同样的目的。‘汤普金斯夫人今天下午三点至七点举行家庭聚会；茶点和音乐。女士先生们凭名片进入。必须穿下午礼服。’关键是要有一大群人；至于细则，好吧，请告诉我，从社交聚会的观点看，一个穿黑色常礼服的人和另一个穿黑色常礼服的人之间有什么差别？

“我记得有一次应邀去兰开斯特门的一幢宅邸参加社交聚会。我在一次郊游中遇到过那个女人。下次见到她时，要是穿着同样的绿色连衣裙，撑着同样的遮阳伞，我可能会认出她。要是换了一身衣服，我就不作这样的指望了。出租马车车夫把我拉到了对面的那幢房子，那里也在举行一场派对。这对我们当中的任何一个人来说都没什么不同。女主人——我从未听说过她的名字——说我能来真是太好了，然后把我推到一位殖民地首相的面前。我没听清他的名字，他也没听清我的名字，这不是什么稀奇事，因为女主人并不知道，她低声告诉我，此人来自什么地方（对此，她好像也不是很有把握），主要是为了结识我。晚会过去了一半，我才无意中发现了自己的错误，但为时已晚，再说什么就毫无意义了。我遇到了我认识的几个人，跟他们一起吃了些夜点心，然后就离开了。第二天下午，我遇到了正确的女主人——那位原本应该是我的东道主的夫人。她热情洋溢地感谢我牺牲宝贵的时间，把头天晚上奉献给了她和她的朋友们；她说她知道我很少外出：这让她更加感受到我的好意。她告诉我，巴西公使的夫人跟她说，我是她遇见过的最聪明的人。我常想，我倒是愿意见见她所说的那个人，对他表示感谢，不管他是谁。

“不过，或许管家正确地报出了我的名字，或许女主人居然认识我。她微笑着，说她很担心我来不了。她暗示，在她衡量快乐的天平上，跟我比起来，其他客人全都轻如鸿毛。我报以微笑，暗地里很想知道自己笑的时候是个什么样子。我从来没有勇气在镜子里面对自己的微笑。我留意过其他人在社交场合的微笑，但心里还是没底。我嘟嘟囔囔地说我忘不了那个夜晚，轮到我试图向她暗示，我一直期待着这次聚会，已经盼了好几个礼拜。有少数男人对这种事情很拿手，但他们的比例很小，不客气地说，我自认为并不比一般的男性更傻。由于没有别的话可讲，于是我也对她说，那晚的天气很暖和。她顽皮地笑了笑，仿佛这句话里有什么藏而不露的俏皮话。我走开了，真为自己感到害臊。如果你是个傻瓜，像个傻瓜那样说话并不会让人感到不舒服；如果你有足够的理智认识到这一点，言行举止像个傻瓜的话就令人痛苦了。我把自己隐藏在人群里，或许会遇到一个三周之前有人在一间画廊里向我介绍过的女人。我们互相不知道对方的名字，但是，我们俩都觉得有些郁郁寡欢，像人们所说的那样，我们交谈起来。如果她是那种普普通通的女人，她会问我是不是打算去约翰逊家。我告诉她没这打算。我们默不作声地站了一会儿，两个人都在琢磨接下来该说点啥。她问我前天是不是在汤普森家。我再次告诉她不在。我开始对自己没去汤普森家感到过意不去。为了跟她扯平，我问她下周一去不去布朗家。（压根不存在布朗一家；她将不得不回答‘不’）她回答说不去，她的口气暗示，布朗一家在社交界名声不佳。我问她是否看过巴纳姆的马戏；她回答说没有，不过打算去看看。我跟她讲了我对巴纳姆马戏团的印象，跟其他每一个看过演出的人的印象一模一样。

“或者，如果运气跟我作对的话，她可能是一个聪明伶俐的女人；也就是说，她的谈话是一番连珠炮似的恶毒评论，攻击的是一个她认识的人，还有一连串的冷嘲热讽，嘲笑的是一个她不认识的人。我总是觉得，我可以用一瓶醋和价值一便士的各式大头针，制造出一个更好一些的女人。然而，要从她那里脱身，通常得花十来分钟。

“即便你在这样的聚会上碰巧遇上了一个有血有肉的男人或女人，那也不是真正谈话的时间和地点；至于那些影子一样的人，头脑正常的人谁会在这样的人身上耗费一个脑细胞呢？我记得曾经有一次关于汤普森的讨论，被视为一个社交节目。一个我所见过的最呆笨、最愚蠢、最烦人的家伙正在讲述他在晚宴上坐在丁尼生旁边如何如何。‘我发现他是个最无趣的人，’他这样告诉我们，‘他没有为自己说半句话——绝对没有。’我真想让塞缪尔·约翰逊博士复活一个晚上，把他扔进你们的一场‘家庭聚会’。”

正如我前面已经解释过的那样，我这位朋友是一个公认的遁世者；但你不能认为他的话全是瞎扯。必须承认，上流社会对社交聚会的渴望有一定的神秘性。一天夜里，我试图挤进伯克利广场一幢房子的晚餐室。一位女士又热又累，在我前方几码远的地方，正在做着同样的努力。

“为啥，”她对自己的同伴说，“我们为啥来这些地方，像银行休假日的人群一样争夺价值十八便士的食物？”

“我们来这里，”那个男人答道，我判断他应该是个哲学家，“是为了说我们来过这里。”

另一天夜里，我遇到A，请他星期一与我共进晚餐。我不知道为什么要请A与我共进晚餐，但一个月总得请那么一次。他是个十分无趣的人。

“我来不了，”他说，“我要去B家。该死的，那肯定乏味透顶。”

“那为什么要去？”我问。

“我真的不知道。”他答道。

不久之后，B遇到我，请我星期一与他共进晚餐。

“我去不了，”我答道，“那天晚上有几个朋友要来我们家。那是一次礼节性的晚宴。这种事情你懂的。”

“我真希望你能想点办法，”他说，“我没人可以交谈。A夫妇也来，他们让我烦透了。”

“那你为什么要请他们？”我问。

“老实说，我真的不知道。”他答道。

不过还是回到我们的秃鼻乌鸦吧。我们刚才谈到他们的社交本能。有那么十来个秃鼻乌鸦——据我判断是这个社群中的“无赖”和单身汉——创立了一家俱乐部。过去一个月里，我一直试图弄明白究竟是怎么回事。现在我知道：这是一家俱乐部。

当然，他们选择了离我卧室窗户最近的那棵树作为他们的俱乐部会所。我能猜到即将发生什么；是我自己的错，我没想到会这样。大约两个月前，一只孤零零的秃鼻乌鸦——究竟是消化不良，还是婚姻不幸，我就不知道了——一天夜里为了思考而选择了这棵树。他吵醒了我，我很生气。我推开窗户，朝他扔了一个空苏打水瓶子。当然，没有打中他，我发现没有别的东西可扔，于是便对他大喊大叫，想把他吓跑。他理都不理，继续自言自语。我叫得更响了，吵醒了我自己的狗。狗狂吠起来，吵醒了方圆四分之一英里范围内的大多数活物。我不得不拿起一个脱靴器——我手边能找到的唯一东西——去安抚那条狗。两个小时后，我筋疲力尽，睡着了。丢下秃鼻乌鸦依旧在那里聒噪个不停。

第二天夜里，他又来了。应该说他是一只很有幽默感的鸟。不过，想到此事可能发生，我已经提前准备好了几颗石子。我大开窗户，把石子一颗接一颗扔向那棵树。关上窗户之后，他跳到了离我更近的树枝上，聒噪的声音比之前更大。我寻思他想让我朝他扔更多的石子；他似乎认为整个事情是一场游戏。第三天夜里，我没有听到他的叫声，我自鸣得意，尽管他虚张声势，我总算让他灰心丧气了。我可能更加了解秃鼻乌鸦了。

俱乐部组建时发生的事情，我猜大致是这样：

“我们该把俱乐部会所定在哪儿呢?”其他事项安排妥当之后，俱乐部秘书说。有一只乌鸦建议这棵树；另一只乌鸦建议那棵树。随后，我上面提到的那只乌鸦开口了。

“我来告诉你们哪里合适吧，”他说，“就在正对门廊的那棵紫杉树上。我来跟你们说说为什么。就在黎明之前大约一小时，一个男人走到门廊上方的那扇窗户前，穿着你们见过的最滑稽可笑的装束。我来告诉你们，他让我想起了啥——人们用来装饰农田的小雕像。他打开窗户，朝草坪上扔出了一大堆东西，接着又唱又跳。实在太好玩了，你们从紫杉树上能看到所有这一切。”

我确信，俱乐部就是这样把会所定在了紧挨着我的窗户的那棵树。我很高兴拒绝向他们提供他们所预期的表演，沾沾自喜地希望他们把自己的失望归咎于那个误导他们的家伙。

乌鸦俱乐部与我们的俱乐部之间有一点不同。在我们的俱乐部里，深受尊敬的成员早早地到达，并在合情合理的时间离开；而在乌鸦的俱乐部里，这项原则似乎颠倒过来了。疯狂的帽商准会喜欢这家俱乐部；这是一家很合他心意的俱乐部。它凌晨两点半开门，最先到达的是名声最不好的成员。在乌鸦国，喧嚣吵闹、拈花惹草、寻欢作乐的小伙子早晨起得很早，下午上床睡觉。天快亮时，年龄更大、更守规矩的成员陆续到来，谈话也明智理性，俱乐部变得更令人尊敬了。紫杉树上的俱乐部大约六点关闭。然而，前两个小时里，那里发生的事情就有失体面了。活动常常以打架开始。如果实在找不出两位绅士乐于成全，打上一架，那么也就只好退而求其次，接下来一项最吵闹的活动应该就是唱歌了。要是有人告诉我秃鼻乌鸦不会唱歌，我恐怕有些不高兴。这个我知道，用不着费心去查阅博物学的书籍。不知道这个的，是秃鼻乌鸦自己。他们认为自己会唱歌；而事实上，他们确实会。你可以批评他们的歌声并不动听，你爱叫它什么就叫它什么，但你没法制止他们——至少，我的经验是这样。挑选的歌肯定是一支带有合唱的歌。到最后就变得以合唱为主了，除非独唱者是一只格外有力的乌鸦，决心要坚持自己的权利。

那位总统对这家俱乐部一无所知。他自己大约七点钟起床——其他乌鸦全都用完早餐三个小时之后，接下来瞎忙一气，给人的印象是：他正在叫醒整个鸟群，这个肥头大耳的老傻瓜。他是总统当中我听说过的最蹩脚的家伙。一个南美共和国出产的总统都比他好。秃鼻乌鸦们自己，已婚的大多数，家庭中的父亲，深受尊敬的鸟巢业主，都像我一样愤怒。我听到抱怨声来自四面八方。

早春时节，到这些春寒料峭的下午快要结束时，你斜倚着围场的大门，注视着那些光秃秃的榆树上喧嚣忙乱的情景，不由得陷入沉思。

就这样，大地春回，山川再绿，爱情重新回到我们这些外表冷若冰霜的老家伙的心田。啊，夫人，你的羽毛闪烁着令人惊叹的黑色光芒，你漂亮的明眸深深地沁人心脾。来吧，跟我们并肩而坐，我们给你讲一个秃鼻乌鸦的故事，保准你以前从未听过。故事讲的是最高枝上的一个鸟窝，它总是摇曳在和煦的西风中。它外表强固，但里面柔软，绿色的小鸦蛋安稳地躺在里面。一位可爱的女士坐在那个鸟窝里，她欢快地呱呱叫着，隔着老远的距离，看着那只她深爱的秃鼻乌鸦。哦，他一会儿在东，一会儿在西，他的嗉囊装满了虫子和蛞蝓，全都是给她准备的。

我们是些老得不能再老的秃鼻乌鸦，我们当中的很多人都是。我们的胸脯上白色混合着紫黑色。我们看着那些高高的榆树从幼苗长大成林；我们看着那些老树倒下并死去。然而，每当春季来临，我们便会再次焕发年轻人的思想。于是，我们交配，我们筑巢，我们采集，再一次，我们那颗老得不能再老的心，为我们新生儿微弱的哭喊而战栗。

大自然母亲只操心一样东西：孩子。我们把爱情说成是生活的君主，但它不过是大臣而已。我们的小说结束于大自然的故事开始的地方。我们拉上大幕的戏剧，不过是大自然戏剧开幕的序曲。大自然这位上了年纪的老夫人，听到她的孩子们咿咿呀呀地谈到“婚姻是不是一次失败？”“生活是不是值得一过？”“新女性对旧女性”，想必会哈哈大笑。大西洋的波涛想必也是这样热烈地讨论：它们到底该向东流，还是该向西流。

母性是宇宙的法则。人的全部责任就是要做一个母亲。我们辛苦劳作，目的是什么？孩子——家庭里的母亲，社会上的男人。国家操心自己的未来，为什么？用不了几年的时间，它的政治家，它的士兵，它的商人，它的劳动者，都会到他们的父辈那里去集中。我们为什么要操心未来？国家把它的鲜血和财富倾注到孩子们可能收获的土地中。愚蠢的好人雅克，他那糊涂的头脑里充斥着最疯狂的梦想，满手血污，向前猛冲，为了自由、平等和博爱而献出自己的鲜血。有生之年他不会看到那个他不惜拿自己的白骨来建造的新世界，除非是在幻想中——就连他那样一脑袋浆糊的人也明白这一点。但是，孩子们！他们应该有更幸福的生活。那个农民离开了他温暖的家，战死沙场。对他这样一个沧海一粟的小人物来说，俄罗斯应当征服东方，德国应当统一，英国国旗应当飘扬在新的土地上，这些意味着什么？父辈留给他的遗产，到他留给儿孙们时应当更大。爱国主义！除了一个民族的母性本能，还能是什么？

假设老天爷颁下一道法令，再也没有世代延续了，世界将随此生而消亡。你认为我们还会多动一下手吗？船舶将朽于港口，五谷将烂于田头，全被那片不断围拢过来的沉默之海所包围，我们还会绘画、写书、作曲吗？想想丈夫和妻子互相以什么样的眼神看待对方。想想求爱吧——爱情的源泉已经干涸，爱情只是一潭死水。

母性是我们生活的根基，我们对这一根基的认识看来是多么肤浅啊！我们的永生便潜藏在这里——如果别的地方无处安放的话。这个自我永远不会死去——除非人类种族从开始到结束都不过是诸神的一个毫不经意的玩笑，厌倦时便将它扫到一旁，为新的试验腾出空间。我们的这些特征——我们且不讨论它们的美学价值——永远不会消失，只会更改、变动，但本质上是一样的，它们将在不断增加的循环中继续下去，直至时间的尽头。我们的这一禀赋——我们身上的这种善和恶——将会一代代发展下去，传播得更加广泛，不断兼并，不断融合。我并入到我的孩子们身上，并入到我的孩子们的孩子们身上；我是永生的，我就是他们，他们就是我。树木枯败，你清扫地面，要是它的某些枝条能充当上好的柴木，你一定心存感激；但它的精神，它的生命，已经存在于五十棵幼苗中。那棵树决不会死，它只是改变了。

大街上这些在我身边往来穿梭的男男女女，这一位赶着去上班，那一位忙着去他的俱乐部，还有一位正奔赴他的爱情，他们全都是未来世界的母亲。

这位兜售股票和债券的骗子，他欺骗，他撒谎，他坑害了所有人——为了什么？跟在他身后去他在郊区的豪华宅邸看看吧：你发现了什么？一个男人把孩子们抱在膝头，给他们讲故事，答应给他们买玩具。他的生活焦虑而肮脏，他过这样的生活为的是什么？为的是让这些孩子拥有他认为对他们有好处的东西。我们的每一宗恶行，与我们的美德携手并肩，都是从母性这一条根上长出来的。它是宇宙的种子。行星不过是太阳的孩子，月亮不过是地球的儿孙。石头是她的石头，铁是她的铁。不管是有生命的生命，还是无生命的生命——如果真有哪个生命没有生命的话——我们所有人的中心是什么？永恒的宇宙是不是一个模糊不清的轮廓，母性填满了所有的空间？

梅费尔这个诡计多端的母亲，正在物色一个有钱的女婿。从某个角度看，肖像画上的样子不尽人意。我们不妨从另一个角度瞅上片刻。她想必已经疲惫不堪，这是今天晚上她的第三场“聚会”。她那张可怜的、干巴巴的脸上，脂粉正在脱落。有十几次，她被社会地位更高的人所怠慢，被一位公爵夫人公开侮辱。但她强颜欢笑，忍受了这一切。她的雄心壮志令人同情，这就是：她的孩子应该嫁给金钱，应该宝马香车，仆从如云，住公园巷，佩戴钻石，名字出现在社交新闻上。不管自己付出怎样的代价，只要有可能，她的女儿就应当享受这些东西。让孩子嫁给某个富有的推销员，她就能更加舒适安心地上床睡觉。公正点，亲爱的读者，即使对这样的人，她肮脏的计谋只不过是母性的畸形儿。

母性！它是上帝的管弦乐队的全音阶——一端是野蛮和残忍，另一端是温柔和自我牺牲。

雀鹰与母鸡搏斗，前者为自己的幼雏觅食，后者用生命保卫自己的儿女。蜘蛛吞噬苍蝇，为的是喂养它数不清的儿女；猫折磨老鼠，为的是把它依然在抽搐的尸体带给她的小猫；人为了孩子而伤害别人。或许，当这个喧嚣躁动的世界完整地、而不是破碎地呈现在我们面前时，我们才知道它是和谐的，每一个刺耳的不和谐音符都有条不紊地围绕母性这个中心主题。

盲从之弊

一个冬天的深夜，我正在尤斯顿车站的站台上踱步，等候最后一趟开往沃特福德的火车，此时，我注意到一个男人正在痛骂一台自动售货机。他两次朝那台机器挥舞自己的拳头。我每时每刻期盼着看到他的拳头砸下去。我当然很好奇，于是轻轻地凑了过去，想听清他说啥。然而，他听到了我走近的脚步声，转身冲我来了。

“刚才在这儿的那个人，”他说，“是不是你？”

“刚才在哪儿？”我答道。我已经在站台上来来回回走了大约五分钟。

“就是这儿，我们站着的地方，”他厉声道，“你以为‘这儿’是哪儿——那边吗？”这人似乎很容易发脾气。

“我在旅行的途中可能曾经过这个地方，不知你说的是不是这个意思。”我答道。我说话时故意彬彬有礼，我的想法是试图制止他的粗鲁。

“我的意思是，”他答道，“你是不是刚才跟我说话的那个人，就在一分钟前？”

“我不是那个人，”我说，“再见。”

“你肯定？”他坚持道。

“一个人不大可能忘记了刚才跟你说过话。”我顶了一句。

他的语气十分令人不快。“请原谅，”他很不情愿地答道，“我觉得你看上去很像一分钟之前跟我说话的那个人。”

我觉得缓和了些；站台上除我之外只有他一个人，我还要等上一刻钟。“不，那肯定不是我，”我友好地回答道，虽说不大符合语法，“哦，你要找他吗？”

“是啊，我要找他，”他答道，“我在这个口子里塞进了一个便士，”他继续说道，显然觉得需要一吐为快，“我想要一盒火柴。可塞钱之后啥也没出来。我像别人一样摇晃它、咒骂它，正当此时，一个人走了过来，个头和你差不多，而且——你肯定那人不是你？”

“绝对肯定，”我再一次不合语法地回答道，“如果那人是我，我会告诉你的。他干了什么？”

“嗯，他看到了发生的事情，要不就是猜到了。他说：‘它们是些很难对付的玩意儿，这些个机器；它们需要理解。’我说：‘它们需要举起来扔进海里，那才是它们想要的！’我觉得快要疯了，因为我身上一根火柴也没有，我这人用火柴总是很多。他说：‘它们有时候会卡住；你要做的就是再塞一个便士进去，第一个便士的重量未必够。第二个便士松动了吸入口，自己就滚出来了；这样一来，你得到了你要买的东西，第一个便士也退了回来。我经常这么干。’得了吧，那似乎是一个愚蠢的解释，但他说话的口气仿佛他打小就熟悉自动售货机，我也真够傻，居然听了他的。我又塞进了一个硬币，以为还是一个便士。刚才才发现，那是一枚两先令的硬币。在某种程度上，那个傻瓜是对的：我还真的拿到了件什么东西；我拿到的是这个。”

他把那东西递到我面前，我看了看。那是一包埃弗顿太妃糖。

“两先令一便士，”他气哼哼地说道，“我愿意按这个价格的三分之一把它卖掉。”

“你把钱塞错了地方。”我暗示道。

“嗯，这我知道！”他好像有些生气，在我看来似乎是这样：他不是个讨人喜欢的家伙，要是还有别人可以聊天的话，我早走开了。“丢钱的事情我倒不是特别在乎。惹我生气的是我拿到了这该死的玩意儿。要是找到了那个白痴，我非把这包东西塞进他的喉咙里不可。”

我们肩并肩走到了站台的尽头，一路上谁也没说话。

“总是有这样的人，”我们转身往回走的时候，他开口说道，“他们到处给人提建议。我老担心，我会因为这样一个人而蹲上半年大牢。我记得我曾经有一匹矮种马。”（我判断此人是个小农场主，他说话时语气里有一股甜菜的味道。我不知道你是不是明白我的意思，但他莫名其妙地让人想到的正是甜菜的氛围。）“那是一匹纯种威尔士矮种马，像古往今来任何一匹同种小马一样棒。整个冬天我让它一直待在牧场上，早春的一天，我想带它跑上一圈。我正好要去阿默舍姆镇办事，于是便给它套上车，赶着去了。那里离我们这儿只有十英里。它有点傲慢自大，等我们到达镇上的时候，它已经大汗淋漓。

“酒店门口有一个人。他说‘你的这匹矮种马很不错。’

“‘普普通通而已。’我说。

“‘在它们年龄还小的时候，别让它们太累着。’他说。

“我说：‘也就跑了十英里，大部分时间是我在拉。我猜，我现在这样子准比它还累。’

“我走了进去，办完了事，出来时那人还在那儿。‘翻山回去吗？’他问我。

“不知何故，我从一开始就不喜欢他。‘嗯，我要去山的那一边，’我说，‘除非你知道什么不用上山却可以去到山那边的专利方法，我想我只能翻山过去。’

“他说：‘听我一句忠告，动身前给它来一品脱陈麦芽酒。’

“‘陈麦芽酒，’我说，‘它滴酒不沾呀。’

“‘别管那个，’他答道，‘给它来一品脱陈麦芽酒就得了。我了解这些矮种马；它是一匹好马，但它还没有准备好。给它一品脱陈麦芽酒，它就会像缆车一样把你拉过山，而且不会伤着自己。’

“我搞不懂这种人是咋回事。事后你总是问自己，为什么不打掉他的帽子，把他的眼睛蒙上，并把他的脑袋摁进最近的马槽里。但当时你还是会听他的。我用一个瓢装了一品脱陈麦芽酒，端了出去。有五六个家伙站在周围，当然少不了有人打趣。

“‘你这是在教它走下坡路，吉姆，’其中一个人说，‘接下来它就会赌博、抢银行、杀害它老娘了。照小册子上说的，一

杯麦芽酒的后果总是这样。’

“‘那样的东西他是不会喝的，’另一个人说，‘完全走了气，就像地沟里的水。给它来点有泡沫的吧。’

“‘干吗不给它一支雪茄？’第三个人说。

“‘这么冷的天，一杯咖啡和一片黄油烤面包对它更有好处。’第四个人说。

“这时候我真想把那玩意儿扔掉，或者自己喝掉拉倒。把上好的麦芽酒给一匹四岁大的矮种马喝似乎是瞎胡闹。可那畜生一闻到它，便伸长了脖子，把它舔得一滴不剩，仿佛它是个基督徒似的。我跳上车，在欢呼声中扬鞭出发。我们上山的时候走得相当稳。接下来，酒精便开始在它的脑袋里发挥作用了。我不止一次送过喝醉酒的人回家，那可不是什么轻松的活儿。我见过一些喝醉的女人，她们就更糟糕了。但是，我有生之年再也不想跟一匹喝醉的威尔士矮种马有啥瓜葛了。它有四条腿，倒是勉强能站起来，至于辨别方向，那就无能为力了，我给它指路吧，它又不乐意。我们一会儿在路的这边，一会儿在那边。两边都不在的时候，我们就横在路中间。我听到后面的自行车铃声，但我不敢回头。我所能做的只是大声让那位伙计待在原地别动。

“‘我想超到前面去。’一旦距离够近，他便喊了起来。

“‘得了吧，你过不去。’我喊着回了一句。

“‘为啥过不去？’他答道，‘你想要占多少路？’

“‘整条路，最好再多点，’我答道，‘干这活儿，路上不能

有挡道的。'

"他在我们后面跟了半英里，一直在骂我。一有机会便试着超过去。但这匹矮种马对他来说总是太聪明了点。你可能认为这畜生是故意跟他对着干。

"'你不适合赶车。'他吼道。他说得很对，我确实不适合。我觉得差不多筋疲力尽了。

"'你以为你是啥，'他继续说道，'近卫骑兵队么？'（他是那种普普通通的家伙。）'谁让你带着换下的脏衣服回家？'

"这一回他真的把我惹火了。'你跟我说有啥用？'我回吼道，'要骂你就骂这马好了。没有你的闹钟帮忙我也已经尽力了。走开，你只会让它更糟。'

"'这马怎么了？'他喊道。

"'你看不出来吗？'我答道，'它喝醉了。'

"当然，这听上去有点蠢；实话常常有点蠢。

"'你们俩当中总有一个喝醉了，'他顶了一句，'我恨不得过来把你从车里拖出来。'

"我倒是真希望他能把我拖出来。我在车里实在待不下去了。但他没有这个机会。就在那一刻，矮种马突然改变了方向；我想他刚才一定是靠得太近了点。只听得一声叫喊和一声咒骂，我从头到脚溅了一身地沟里的水。随后，那畜生奔跑起来。一个人正在过来，他躺在满满一车温莎椅的顶上睡着了。车夫就这样睡着了实在是一件丢脸的事，我很奇怪没有更多的事故。我想他根本不知道自己身上发生的事。我只是看到他开始的样子，没法回头去看看他后来如何。下山的半道上，一位警察大声嚷嚷叫我停下，我听到他大喊这样赶车太疯狂什么的。切斯汉姆这一侧过了半英里，我们遇上了一所女子学校的双列编队——我想，他们管这叫‘长蛇阵’吧。我敢打赌，那些姑娘至今还在谈论此事。那个老女人想必花了整整一个小时才把她们重新集合起来。

“那是切斯汉姆的集市日，我猜，切斯汉姆此前从未有过比这更热闹的集市日，今后也不会有。我以大约每小时三十英里的速度穿镇而过。我从未见过切斯汉姆这么生机蓬勃，它通常是一个昏昏欲睡的小镇。出了镇子一英里，我看见了海威科姆的公共马车。我觉得我并不是十分在意，到达那个山口时发生了什么对我来说似乎都无所谓了；我只是觉得好奇。在距离公共马车十来码的地方，矮种马突然停了下来，把我从座位上颠到了车的底部。我没法起来，因为座位就在我的头顶上。我只能看见天空，当矮种马用后腿直立起来的时候偶尔能瞥见马头。但我能听见公共马车的车夫说什么，我判断他也遇上了麻烦。

“‘把那该死的马戏团从路上弄走。’他大喊大叫。如果他还有点理智的话，他应该能看出我是多么无助。我能听到他的马乱蹦乱跳；马都这样——如果它们见到一个傻瓜，它们就全都想成为傻瓜。

“‘把它弄回家，拴起来。’警卫大喊。

“接下来，一个老女人歇斯底里发作，像一条鬣狗那样大笑。矮种马又撒开腿跑了起来，看着天上的云，我估算我们又跑出了四英里。接下来，我猜它是想跳过一道门，发现车妨碍了它，于是开始把它踢得粉碎。要不是亲眼所见的话，我做梦也想不到一辆车能分裂成这么多块。当它摆脱了一切，只剩下半个轮子和挡泥板之后，它再次跑了起来。我和其余的残片留在了后面，很高兴总算可以歇会儿了。傍晚的时候，它回来了，下个星期我很高兴把它卖掉了，换回了一张五英镑的钞票：我还得再搭上十英镑来修补自己。

"到今天，还有人拿那匹矮种马打趣我，本地的戒酒协会用我作反面教材。这就是听别人的建议所带来的后果。"

我很同情他。我自己也受过这样的害。我有一个朋友，是位实业家，我偶尔跟他见面。他生活中最热情的爱好之一就是帮我发财。他在针线街拉住我说话。"我正要找你，"他说，"我要让你参与一件好事。我们在筹办一个小型辛迪加。"他永远在"筹办"一个小型辛迪加，你每投入一百英镑就能得到一千英镑。我要是加入了他所有的小型辛迪加的话，我估算，这会儿我的身价应该是二百五十万英镑了。但我没有加入他所有的小型辛迪加。许多年前，那会儿我还年轻，我倒是加入了一个。我现在还在里面，我的朋友确信，我的股份以后会给我带来成千上万的收入。然而，我眼下手头很紧，没有现钱，我愿意在现金的基础上，把我的股份折价转让给任何值得帮助的人。我的另一位朋友认识另一个对赛马"了解内情"的人。我猜大多数人都有这一类朋友。他通常在赛马即将开始之前非常受欢迎，刚刚结束又极其不受欢迎。我的第三位恩人是一位对日常饮食问题十分热心的人。有一天，他带给我一包什么东西，把它塞进我的手里，那神情仿佛是在为你排解百难。

“这是什么？”我问道。

“打开看看。”他答道，语气就像是童话剧中的小精灵。

我打开看了看，依旧莫名其妙。

“是茶叶。”他解释道。

“哦！”我答道，“我正琢磨它是不是鼻烟呢。”

“嗯，严格说它不是茶叶，”他继续说，“它是一种茶。你喝上一杯，就一杯，你就再也不想喝其他的茶了。”

他说的没错。我喝了一杯。喝完之后我觉得自己再也不想喝任何茶了。我觉得除了安静而无害地死去，我什么都不想了。一周之后他来找我。

“还记得我给你的茶叶吗？”他问道。

“记得一清二楚，”我答道，“我嘴里到现在还有它的味道。”

“它让你不舒服吗？”他问。

“当时它把我惹火了，”我答道，“不过现在都过去了。”

他看上去若有所思。“你是对的，”他答道，“它就是鼻烟，一种非常特别的鼻烟，有人特意从印度寄给我的。”

“味道实在让人不敢恭维。”我说。

“这是我的一个愚蠢错误，”他继续说道，“我一定是把袋子弄混了。”

“哦，差错总是难免，”我说，“我敢肯定，就我而言，你不会再犯错了。”

我们大家都能提建议。我曾有幸为一位专门提供法律建议的老先生效力，他总是提供非常好的法律建议。像大多数熟悉法律的人一样，他对法律也没多少敬意。我曾听他对一个想要打官司的人说：

“亲爱的先生，如果一个歹徒在街上拦住我，要我把表和表链给他，我会拒绝给他。如果他威胁我说：‘那我就硬抢了，’我虽老朽，但我相信我还是会回答他：‘来吧。’但是，另一方面，如果他对我说：‘很好，那我就到王座法庭对你提起诉讼，迫使你把东西交给我，’我立马会从自己的口袋里把东西掏出来，塞进他的手里，并求他不要再提此事了。离开时我会觉得自己占了便宜。”

然而，同样是这位老先生，自己却为了一只在任何人看来都值不了六个便士的死鹦鹉，跟隔壁邻居对簿公堂，前前后后总共花掉了一百英镑。

“我知道自己是个傻瓜，”他承认，“我没有确凿的证据证明就是他的猫；但我要他为了叫我老贝利法院律师而付出代价，一定要让他付出代价！”

我们大家都知道布丁应该怎么做。我们并不宣称自己会做。那不是我们的份内之事，我们的份内之事就是批评厨子。批评许许多多不是我们份内之事的事似乎正是我们的份内之事。如今我们全都是批评家。我对你有我的看法，亲爱的读者，你对我大概也有你的看法。我并不想知道它；就我本人而言，我宁愿那个要说我什么坏话的人在我背后说。我记得，在一次巡回演讲中，大厅的布局常常让我不得不在听众鱼贯而出的时候跟他们混在一起。只要出现这种情况，我总是会听到我前面有人低声对同伴说："当心，他就在你身后。"对那个低声提醒同伴的人我总是心存感激。

在一个波希米亚俱乐部，我曾经跟一个小说家一起喝咖啡，他碰巧是一个肩膀很宽、身强体壮的人。一个会员同伴加入了我们的谈话，对那位小说家说："我刚刚读完你最近的那本书，我想跟你谈谈我对它的坦率看法。"小说家立即答道："我警告你：如果你这样做了，我将朝你的脑袋一记老拳。"我们再也没听到他的坦率看法了。

我们大多数闲暇时光都花在了互相嘲笑上。我们鼻子翘得老高到处走动，我们，我们所有人，竟然没有走出这个小小的、圆圆的世界进入太空，这真是个奇迹。人民大众嘲笑上流社会。上流社会的道德令人震惊。要是上流社会一致同意由一个民众委员会教他们如何行为举止，那对他们该会多么有益。要是上流社会无视自己的利益，尽心竭力为民众谋福利，民众就会更加喜欢他们。

上流社会嘲笑人民大众。要是人民大众听从上流社会给他们的建议，要是他们靠每周十先令生活还能节俭，要是他们全都滴酒不沾，或者只喝不醉人的陈年红葡萄酒，要是所有姑娘都来做年薪五英镑的家庭仆人，不把她们的钱浪费在服饰上，要是所有男人都满足于每天工作十四小时，合腔合调地吟唱“上帝保佑乡绅和他的亲眷”，满足于保持他们恰当的地位，所有事情都会进展得很顺利——对上流社会来说。

新女性对旧女性嗤之以鼻，旧女性对新女性义愤填膺。小教堂抨击戏院，戏院嘲弄礼拜堂。末流诗人讥笑世界，世界嘲笑末流诗人。

男人批评女人。我们对女人并不十分满意。我们讨论她的缺点，我们给她提好的建议。要是英国的妻子们穿着都像法国妻子，谈吐像美国妻子，烹调像德国妻子；要是女人们完全符合我们对她们的要求——很有耐心，辛苦操劳，聪明伶俐，一心顾家，妩媚迷人，听话顺从，不那么疑神疑鬼，那对她们该有多好——对我们来说也是如此。我们如此劳神费力教她们，但她们不愿听。这些讨厌的家伙，非但毫不留意我们明智的忠告，反倒浪费时间来批评我们。有一个十分流行的游戏，学校的游戏。它所需要的一切不过是一个门阶，一根教鞭，以及另外六个孩子。困难在于那另外六个孩子。每个孩子都想扮演老师，他们不停地跳起来，说是轮到他们了。

女人如今想拿起那根教鞭，让男人坐在门阶上。她有一两件事情要对他说。他根本不是她所认可的那种男人。他必须首先摆脱他所有天生的愿望和喜好；做完这事之后，她会拉着他的手，让他成为——不是一个男人，而是更高级的什么东西。

倘若每个人都听从我们的建议，这个世界就会是最好的世界。如果每个市民不是劳神费力操心自己那个并不值钱的门阶，而是走到大街上，对其他所有居民就公共卫生问题发表一通雄辩有力的演说，我不知道，耶路撒冷会不会像传闻中的那样洁净。

近来我们开始批评造物主本人。世界出了毛病，我们出了毛病。要是他在创世之初的那六天里听从了我们的建议该有多好！

为什么我好像被挖空了并被灌满了铅？为什么我讨厌熏肉的气味并觉得没有一个人喜欢我？全是因为香槟酒和龙虾被制造错了。

为什么埃德温和安吉莉娜要吵架？是因为埃德温被赋予了心高气傲的本性，容不了任何相反的意见；而安吉莉娜，可怜的姑娘，则被赋予了对着干的本能。

为什么出类拔萃的琼斯先生沦落到近乎乞讨的境地？通过购买公债，琼斯先生原本一年有一千镑的收入。但这时候来了一个邪恶的公司发起人（为什么允许邪恶的公司发起人存在呢？），拿着一份计划书，告诉善良的琼斯先生，如何投资于某项旨在诈骗琼斯先生的同胞们的计划，从而让他的钱获得百分之百的收益率。

这项计划没有成功；与计划书的承诺恰好相反，被诈骗的到头来居然是琼斯先生及其他合伙投资人。为什么老天爷允许这些错误发生？

为什么布朗太太抛夫弃子，跟着那位新派医生跑了？那是因为考虑不周的造物主赋予了布朗太太和那位新派医生过于强烈的情感。既不能怪布朗太太，也不能怪新派医生。如果说有什么人要对此负责的话，那大概是布朗太太的祖父，或是新派医生的某位先祖。

我们到达天堂之后，准会挑天堂的错。我怀疑我们当中是否有人会喜欢这样的安排，我们已经变得越来越挑剔。

曾经有人说到一个非常高傲的年轻人，他似乎有这样一个印象：全能的上帝创造这个宇宙，主要就是为了听他对宇宙的评论。有意也好，无意也罢，我们大多数人都有这样的想法。这是一个互相改进协会的时代——这是一个令人愉快的观念，每个人的份内之事就是改进别人——是业余议会的时代，是文学讨论会的时代，是戏迷俱乐部的时代。

首场演出的批评近来似乎逐渐消失了，研究戏剧的学者大概得出了这样一个结论：戏剧不值得批评。但在我年轻的时候，我们都非常认真地对待这项工作。我们去看戏，更多的不是为了享受一个夜晚这样自私的愿望，而是为了提高戏剧艺术的高尚目的。或许我们做了好事，或许我们不可或缺——我们不妨这么认为吧。可以肯定的是，很多古老的荒谬之事从剧院里消失了，我们信口开河的批评可能促成了这件好事。一件愚蠢的行为常常是通过并不聪明的方法加以救治。

那年头的剧作家不得不想着观众。楼座和后座的观众都对他的作品感兴趣，而后来的楼座和后座观众则不再有这样的兴趣。我还记得自己曾经观看一部非常恐怖的情节剧上演，我想那是在老王后剧院。作者让女主人公说了一大堆多余的废话，至少我们认为是废话。那个女人，不管何时出现在舞台上，就会滔滔不绝地说个不停。就连把咒骂反面人物的话控制在二十行以内这样的小事她都做不到。当男主人公问她是否爱自己时，她站起身来，就此发表了一篇历时三分钟的演说。你害怕看到她张嘴。在第三幕，有人把她逮了起来，关进了一间地牢里。总的来说，那人也不是什么好人，但我们觉得，当时的情况下还真少不了他，全场的观众都为他欢呼。我们庆幸这天晚上剩下的时间里我们总算摆脱了她。接下来，一个傻乎乎的监狱看守走了过来，她在铁窗后面求他让她出去几分钟。那个看守是个心地善良的好人，他犹豫了。

“别放她出来，”楼座上一个认真的戏剧学者大声喊道，“她没事，让她待在那里。”

那个老傻瓜对我们的建议充耳不闻，自言自语地在跟自己做思想斗争。“这只是一个微不足道的请求，”他说道，“这会让她很高兴。”

“她倒是高兴了，但我们呢？”楼座里有个声音答道，“你不了解她。你刚刚上场，我们整个晚上都在听她说话。她现在安静了，就让她在那儿待着吧。”

“啊，让我出去，哪怕一会儿也行！”那个可怜的女人尖叫道，“我有话要对我的孩子说。”

“写在纸上，递出来，”后座里有一个声音建议，“我们保准送到他手里。”

“让一位母亲和她垂死的儿子分开吗？”看守沉思道，“不，这很残忍。”

“不，并不残忍，”后座的那个声音坚持说，“这种情况下不算残忍。正是因为她说得太多，让那可怜的孩子生病了。”

看守不听我们的。在全体观众的咒骂声中，他打开了牢房的大门。她对自己的孩子说了大约五分钟，最后孩子死了。

“啊，他死了！”悲痛的母亲尖叫道。

“幸运的小家伙。”整个剧场响起了并不同情的回答。

有时候，观众的批评会采取两位先生之间对话的形式。有一天晚上，我们听着一出戏，戏里面的情节似乎是对话的多余附属品，而且对话也有些蹩脚。突然间，穿过舞台上令人厌倦的谈话，传来了洪亮的耳语声：

“吉姆！”

“嗨！”

“戏开始时叫醒我。”

紧接着便是一阵夸张的打鼾声。过一会儿听到第二个说话者的声音：

“萨米！”

他的朋友似乎醒了。

“嗯，咋的啦？怎么回事？发生了什么事？”

“我想，不管怎么说十一点半总得把你叫醒吧？”

“谢谢，是这样，小家伙。”那位批评家再次睡去。

是的，我们那时候对我们的戏剧怀有兴趣。不知道我是不是还能像那些日子一样享受英国戏剧所带来的乐趣？我是不是还能像从前在老“阿尔比恩”的酒吧里就着苦味啤酒享受洋葱牛肚一样享受一顿晚餐？打那以后，我试过很多看戏之后的晚餐，有时候，朋友们豪兴大发，晚餐则昂贵而精美。厨子可能来自巴黎，他的肖像可能登在画报上，他的年薪估计可能高达数百英镑；但他的手艺还是有什么东西不对劲，因为他的所有晚餐中有一种味道我没有品尝到。有一种调味品他尚未掌握其秘诀。

大自然有她自己的货币体系，要求支付她自己的货币。在大自然的商店里，必须支付的是你自己。你不劳而获的收益，你继承来的财富，你的好运气，在她的柜台上都不是合法的货币。

你想要好胃口，大自然十分乐意提供。“没问题，先生，”她答道，“我可以给你确实非常棒的东西。我有货真价实的饥饿和口渴，让你吃饭的时候大块朵颐。你将吃得非常尽兴而开心，你从餐桌旁站起身来时，将会精神振奋，生机勃勃，兴高采烈。”

“这正是我想要的，”美食家高兴地叫了起来，“告诉我价钱是多少。”

“价钱嘛，”大自然夫人答道，“就是你漫长一天的辛勤劳作。”

这位顾客的脸沉了下来，神经兮兮地摆弄着他那个厚重的钱包。

“能不能用现钱付账？”他问道，“我不喜欢干活，但我是个有钱人。我雇得起法国厨子，买得起陈年好酒。”

大自然摇了摇头。

“我不能收你的支票；我的收费是体力和勇气。收了这些费用，我就能给你很好的胃口，让一份牛腿扒和一大杯麦芽酒对你来说比欧洲最伟大的厨子能够端到你面前的任何正餐都更加美味可口。我甚至可以答应你，一块面包和奶酪对你来说就是一顿饕餮盛宴。但你必须用我的货币付账，我不会用你的货币交易。”

接着，一个半吊子艺术爱好者走了进来，他要的是艺术和文学的鉴赏力，对此，大自然也完全可以提供。

“我可以让你在所有这些事情上享受到真正的快乐，”她答道，“音乐对你来说就像是翅膀，使你翱翔于这喧嚣混乱的尘世之上。通过艺术，你将瞥见真理。沿着令人愉快的文学之路，你就像漫步于寂静的水边。”

“那你的收费呢？”这位兴高采烈的顾客叫了起来。

“这些东西有点贵，”大自然答道，“我要你过一种简朴的生活，断绝一切世俗成功的愿望，生活中不再有激情，食欲也已经减退。”

“你误会了，亲爱的夫人，”半吊子艺术爱好者答道，“我有很多朋友有很好的艺术鉴赏力，他们并没有为此而付出这样的代价。他们的家里挂满了精美的图画，他们醉心于‘夜曲’和‘交响乐’，他们的书架上塞满了初版书。但他们都是一些奢华、富有而时尚的人。他们不大操心赚钱的事，社交聚会是他们的天堂。我怎么就不能成为他们这样的人呢?”

“我不做猴子把戏的生意,”大自然冷冷地答道,“你那些朋友的文化修养纯粹是装腔作势,是一种赶时髦,他们的谈话纯属鹦鹉学舌。是的,你可以买到这样的修养,而且相当便宜,但那还不如痴迷撞柱戏对你更有作用,带给你更多真正的快乐。我的货属于不同类型,恐怕我们是在浪费彼此的时间。”

接着来了个小伙子,红着脸想要爱情,大自然那颗慈母般的心对他很是同情,因为这是她喜欢卖的东西,她也喜欢那些来她这里购买它的人。于是她隔着柜台微笑着探过身子,告诉他,自己有他想要的东西,他激动得不住地战栗,同样也打听起价格来。

“这东西价格不菲,”大自然解释道,但并不是让人扫兴的语气,“它是我店里最昂贵的东西。”

“我很有钱,”小伙子答道,“我父亲辛勤工作,把钱存起来,他把自己所有的财富都留给了我。我有股票、债券、土地、工厂,愿意为这东西支付任何合理的价钱。”

但大自然看上去更严肃了,把手放在了他的胳膊上。

“把你的钱包拿一边去,小伙子,”她说,“我的价钱不是合理的价钱,我做买卖所用的金属也不是黄金。你的钞票各条大街上的许多商店都会接受。但是,如果你愿意听一个老婆子的忠告,你还是别去他们那里。他们卖给你的东西会给你带来痛苦,给你招来祸害。它确实够便宜,但像所有便宜东西一样,它也不值得买。除了傻瓜,没人会买。”

“那你卖的东西是什么价钱呢?”小伙子问道。

“忘我，温柔，力量,”老夫人答道，“爱一切声誉良好的事物，恨一切邪恶的事物：勇气，同情，自尊——这些东西能买到爱情。把你的钱包拿一边去，小伙子，它在其他方面对你有用，但它不会为你买到我货架上的商品。”

“那么，我难道不比穷人更富有吗?”小伙子问道。

“我不懂你所理解的富有或贫穷,”大自然答道，“我这里只用现实交换现实。你要我的宝贝，我要你的头脑和心灵作交换——是你的，小伙子，不是你父亲的，也不是别人的。”

“以这个价格,”他说，“我怎么才能买到呢?”

“到处走走,”那位伟大的夫人答道，“劳作，受苦，帮助别人。当你挣到了你的工资再回来找我，根据你带给我多少，我们再来做生意。”

真正的财富难道真的像我们所认为的那样分配不均吗?命运之神难道不是真正的社会主义者?谁是富人，谁是穷人?我们知道吗?他自己知道吗?我们难道不是追求幻影而丢掉了实质?以最高的标准看待生活，谁才是更幸福的人，是富有的所罗门，还是贫穷的苏格拉底?所罗门似乎拥有大多数人最渴望得到的大多数东西——其中有些东西或许多得让他自己都不舒服。苏格拉底拥有的东西几乎可以随身携带，但那已经不少了。按照我们的衡量标准，所罗门应该是有史以来最幸福的人之一，苏格拉底应该是最不幸的人之一。真是这样吗?

或者，以最低的标准看待生活，快乐是它唯一的目标，那么坐在堂座里的汤姆·诺迪老爷就一定比坐在楼座的哈里快乐很多吗？倘若啤酒十先令一瓶，香槟四便士一夸脱，你认为我们会要哪一种呢？如果伦敦西区的每一家俱乐部都有撞柱戏，台球只能在东区的酒馆里玩，老爷，你会选择哪一种呢？伯克利广场的空气是不是就比七晷场的氛围更能带来快乐呢？我自己就发现七晷场的空气很刺激，而伯克利广场则没有。当你疲惫不堪的时候，马毛和稻草之间的差别真的那么大吗？快乐是不是随着一个人家里的房间数量而倍增呢？欧米特鲁德夫人的芳唇真的就比小巷里莎莉的嘴唇甜美很多吗？生活中究竟什么是成功？

玩偶葬礼

那天他一开始就出师不利。他领着我出去，然后把我丢了。要是他满足于通常的安排，允许我领着他出去的话，事情会好很多。我是一个远比他能干的领路者，我这样说并不是自高自大。我比他年龄更大，我比他更不容易激动。我不会遇到个人就停下来跟他说话，然后忘了我在哪儿。我更少让自己分心：我很少打架，我从不觉得自己想要追赶猫；吓唬孩子不会给我带来多少快乐。除了散步然后回家之外，我没有什么别的事情要琢磨。如果像我说的那样，他放弃领着我出去，而让我领着他出去，就不会有那么多麻烦。但在这个问题上，我从未说服过他。

他领着我走错了一两次，但在斯隆广场，他完全把我给丢了。当他把我弄丢之后，他便会站在那里，汪汪地叫我。要是他待在他最初吠叫的地方不挪窝，我还是能够找到他。但是，没等我穿过马路，他就汪汪叫着在下一条街上跑出去了一半。我已经不像过去那么年轻，有时候我觉得他对我的锻炼超出了对我有益的限度。我站在国王路上，能够看到他。他明显很生气。我离得太远，分辨不出吠叫声，但我猜到他在说什么：

“那该死的家伙！又丢了。”

他向一条路过的狗打听：

“你是不是在什么地方嗅到过我的人？”

（当然，一条狗决不会说见到什么人或什么东西，嗅是他最主要的感官。到达一座山顶之后，他会对同伴说：“我一直在想，这里的气味真好闻。我可以整个下午坐在这里嗅着。”或者，要是提议去散会儿步，他会说：“我喜欢运河边上的那条路，你呢？那里经常有什么有趣的东西吸引你的鼻子。”）

“不，我没有嗅到任何具体的人，”另外那条狗答道，“你那人嗅起来是什么味儿？”

“哦，鸡蛋熏肉的味儿，他身上还有点肥皂的味儿。”

“那可没法判断，”另一条狗回了一句，“早晨这个时候，大多数人都符合这种描述。你最后注意到他是在哪里？”

就在此时，他看见了我，跑了过来，很高兴找到我，但对我的走失又有些生气。

“哦，你在这儿，”他吠道，“你没见我转过了街角吗？跟紧点。我的一半时间都用在了找你、然后又丢掉你上了。”

这一事件看来让他脾气大坏，随时准备吵上一架。在斯隆广场的最高处，一位粗壮结实、军人模样的先生开始跑着追赶切尔西的公共马车。“哇啦”一声，威廉·史密斯跟在他后面跑了起来。要是那位老先生毫不在意的话，原本不会有啥事。一个卖肉的小伙子正赶着车跟在后面，他准会——我能从他的眼睛里看出来——在史密斯冲到路上的时候轻轻打他一下，让他罪有应得；老先生会赶上公共马车，事情也就结束了。不幸的是，他是那种满身痛风、一肚子咖喱菜肴、就是没有脑子的退伍军人。他停了下来，对那条狗骂骂咧咧。这当然是史密斯求之不得的。他并不经常跟一个成熟男性厮打。“他们是胆小鬼，大多数是，”他想道，“他们甚至不敢回嘴。我喜欢有点胆量的人。”他对自己的胜券在握高兴得有些忘乎所以。他绕着他的受害人飞奔起来，高声吠叫，绕着那个已经吓瘫的老先生画着一个个圆圈和一道道曲线，仿佛是亚瑟王的一位魔术师的神秘数字。上校拿他的雨伞当棍棒，试图保护自己。我朝那条狗大喊大叫，我也给了上校（我判断他是个上校，他的嗓门越大，听的人就越发不明白）一个很好的建议，但他们俩都太兴奋，没听到我说什么。一个很有同情心的公共马车车夫俯下了身子，嘶哑着嗓子低声说出了他的建议。

“揪住他的尾巴，先生，”他向老先生建议道，“别怕他，你牢牢地揪住他的尾巴。”

相反，一个送奶工试图鼓励史密斯，在他从身边经过时大喊：

“好狗，咬死他！”

一个孩子险些被老先生的雨伞打破脑袋，开始哭了起来。保姆告诉老先生，他是个傻瓜——这是一句我觉得格外贴切的评论。老先生气喘吁吁地回了一句，说婴儿车在人行道上是非法的，在锻炼的间歇，他打听起狗的主人也就是我本人来。一大群人开始聚集，一个警察走了过来。

事情有点不对劲了：我不想为自己辩护；但就在这个节骨眼上，我还是忍不住产生了抛弃威廉·史密斯的想法。他喜欢在大街上吵架，我不喜欢。这些东西是性格使然。我还注意到，他有一种幸运的本能：知道何时该从危机中脱身，消失得无影无踪，而且有这样做的能力。接下来又神秘地出现在半英里之外，一副气定神闲、心不在焉的样子，看上去完全是另一条更好的狗。

聊以自慰的是，我对他不可能有任何实际的帮助，而且，我有些得意地想起，完全是凭借运气好，他碰巧没有戴项圈，上面有我的姓名和住址。于是，我悄悄地绕到一辆沃克斯豪尔的公共马车那边，溜之乎也，没有试图炫耀，径直穿过朗兹广场和海德公园，回家了。

我坐下来刚吃了五分钟的午饭，他推开餐厅的门，昂首阔步走了进来。那是他习惯性的“入场式”。上辈子他多半是个演出经理。

从他兴高采烈、自鸣得意的样子判断，我倾向于认为他想必成功地听从了那位送奶工的建议；不管怎么说吧，打那以后我再也没有见过那位上校。他的坏脾气消失不见了，他的“盛气凌人”倒是变本加厉了——如果真有可能变得更厉害的话。他回来之前，我给了奥谢农一块饼干。奥谢农觉得受到了侮辱，他不想吃狗饼干；要是不能得到一块烤腰子的话，他啥都不想吃。他把饼干扔在了地板上。史密斯看到饼干，便扑了过去。史密斯从不吃饼干。我偶尔给他一块，他立马把它藏起来。他是一条节俭的狗，总是未雨绸缪。“你不知道可能发生什么事，”他说，“假设主人死了、疯了或破产了，我很高兴还有这块饼干；我要把它藏在门垫下面——不，不行，在那里会被人找到。我要到网球场上刨个洞，埋在那儿。这是个好主意，没准还会长大呢。”有一次，我发现他把饼干藏在我的书房里，就在那个装着我自己的书的书架后面。他这样做让我很不高兴，理由显而易见。通常，不管他把饼干藏在哪里，总有人会找到。我们在枕头底下、在靴子里面找到过，似乎没有地方是安全的。这一次他自言自语道：“哎呀！整整一排主人的书，谁也不会想把这些书拿下来，我把它藏在这儿了。”你可以从你自己的狗的角度来感受一下这样的事。

但是，奥谢农的那块饼干则是另一回事了。诚实是最好的策略，但不诚实更好玩。他朝那块饼干冲了过去，狼吞虎咽地吃了起来；你可能觉得他已经一个星期没吃东西了。

奥谢农的愤怒看上去很吓人。他有他那个种族的好脾气，假如史密斯管他要那块饼干的话，他多半会给他；让奥谢农愤怒的是这种侮辱，是行为的不道德。

一时间他惊呆了。

“哎，这是——你瞧见了没？”他用眼睛对我说。随后他冲了过去，从史密斯的嘴里抢出了饼干。“你这蛮横无理的撒克逊黑小偷，”奥谢农咆哮道，“你怎么敢拿我的饼干？”

“你这个卑鄙的爱尔兰杂种狗，”史密斯咆哮道，“我怎么知道它是你的饼干？地板上的每一样东西都是你的么？没准你认为我也属于你吧；我也在地板上。我不相信这是你的饼干，你这个长耳朵、塌鼻子的爱尔兰乡巴佬。把它还给我。”

"我懒得跟你争论，你这个耷拉着耳朵、拖着半条尾巴的野种，"奥谢农答道，"你来拿呀，如果你认为自己有种的话。"

他当然认为自己有种。他的块头只有奥谢农的一半，但这样的考量他并没有放在心上。他的论点是：如果一条狗的块头太大，以至于没法跟整个他打斗，不妨这里咬一口，那里打一下。他通常总是被打败，但事后他总是昂首阔步地走来走去，让人觉得他才是胜利者。当他死的时候，他准会一边在坟墓里安顿好自己，一边对自己说："好了，我很高兴我终于把那个旧世界给放倒了。我想，它再也不会来打扰我了。"

这一次，我介入了这场战斗。有必要每隔一段时间提醒一下史密斯少爷，人作为狗的有益而忠实的朋友，也有他的权利。我认为，眼下到了提醒他的时候。他咕咕哝哝地扑到了沙发上。听上去像是在说："真希望我今天早晨没有起来。谁也不理解我。"

然而，没有什么东西能让他清醒很长时间。半个小时后，他要去咬死隔壁家的猫。他永远学不会动脑子，最近三个月以来，他一直想咬死那只猫。为什么第二天早晨他的鼻子会比平时大一倍，下个星期他只能看见脑袋一侧的东西，他似乎从不明白。我猜，他可能把这些归咎于天气的改变了。

他的这个下午以一件事情而告终，他无疑视之为一次令人满意的完全胜利。多萝西娅那天邀请了一位小姐跟她一起喝茶。我听到了笑声，就在育儿室的附近，于是便朝屋内探头观望，想看看有什么好笑的。史密斯正在撕咬一个玩具娃娃。我从未见过被撕咬成这样的玩具娃娃，它的脑袋掉下来了，里面的锯末撒了一地。两个孩子在高兴地欢叫，特别是多萝西娅，简直是欢喜若狂。

“谁的玩具娃娃?”我问道。

“伊娃的，”多萝西娅在爆发大笑的间歇中答道。

“噢，不，不是我的，”伊娃解释道，语气里有一种可爱的满足，“我的娃娃在这儿。”她把娃娃坐在身子底下，这会儿抽了出来，热烘烘的，完好无损。“那是多莉的娃娃。”

多萝西娅方面从欢乐到悲痛的转换明显是戏剧性的。就连习惯于暴风骤雨的史密斯，也被自己突如其来受到的袭击给搞糊涂了。

多萝西娅的悲痛持续的时间比我预计的要长。我答应给她再买个娃娃。但她似乎并不想要别的娃娃。那是她今生今世唯一喜欢的娃娃；别的娃娃不可能取代它的位置，别的娃娃对她来说也不会像那个娃娃一样。这小家伙实在荒唐：仿佛你爱这个娃娃还是爱那个娃娃很要紧似的，其实所有娃娃差不多都一样。它们都有一头鬈发，白里透红的肤色，一双大眼睛忽睁忽闭，红红的小嘴，两只小手。可这些愚蠢的小家伙，她们会爱上这一个，另一个她们看都不看。我发现最好的办法是不跟她们讲道理，只要表示同情就行了。稍后——但不是马上——再把另一个娃娃介绍给她们。她们起初不会喜欢，但最后还是会对它感兴趣。当然，这并不能让她们忘掉第一个娃娃。劳瑟市场出生的玩具娃娃没有那样的，不过——许多个礼拜之后她还是会彻底忘掉这场初恋。

我们把那个娃娃埋在了乡下的一棵紫杉树下。我的一个拉小提琴的朋友特意赶过来帮忙。我们在春天灼热的阳光下把她埋葬了，同时鸟儿在阴凉的隐蔽处欢乐地吟唱着生命和爱情。我们的丧主哭泣时流下了真诚的泪水，仿佛洋娃娃的命运并不是迟早要破碎似的——这些小东西很脆弱，一个小时制造出来，给她穿衣服，亲吻她；然后，油漆剥落，一丝不挂，在育儿室的地板上被扔到一边。可怜的小娃娃！我很想知道，她们是不是严肃认真地对待自己，她们并不知道那些搅动她们塞满锯末的胸膛的弹簧不过是发条齿轮装置，她们看不见那些牵动她们跳舞的丝线。可怜的牵线小木偶！我很想知道，当剧场的灯光熄灭之后，她们是不是在一起说说话。

你，小玩偶妹妹，你是女主角。你住在刷白的农舍里，外面开满了忍冬和铁线莲——里面或许爬满了蜈蚣，潮湿不堪。你穿着这身朴素而合身的印花连衣裙，看上去总是那么漂亮。你多么善良。你多么高贵地承受着自己的贫穷。面对自己遭受的许多不公，你多么坚韧豁达。你难道没有过邪恶的想法，没有过复仇的愿望吗——从来没有吗，小玩偶？你难道从未有过渴望扮演邪恶女人角色的时刻，住在一个有着很多重门的房间里，身穿皮毛，佩戴珠宝，成群的情人拜倒在你脚下？在那些漫长的冬日夜晚，家务活干完了——油腻的盘子洗干净了，地板擦洗过了，聪明伶俐的孩子在角落里睡着了，一先令十一便士的灯盏把它惨淡的光线洒在该死的桌布上，你坐在那里，忙于你粗糙的缝缝补补，等候着男主角迪克，心里知道——至少是猜到了——他在哪里。是的，亲爱的，我记得你精彩的发言，当时，你用楼座观众为之欢声雷动的动人言辞，告诉她你如何看待她和她那样的女人；当时，你举手向天，大声宣布：你住在你的阁楼里，辛苦劳作，比她在她那罪孽打造的镀金沙龙——我想你说的是“镀金沙龙”，不是吗？——里更加幸福。但说到你自己，柔弱的玩偶小妹妹啊，不是说到楼座观众所听到的你精彩的发言，你内心深处难道真的不羡慕她吗？在吹灭唯一的那支蜡烛之前，你难道从未在那面破镜子前伫立片刻，心里暗想道，要是穿上来自巴黎的低胸连衣裙，钻石在你白皙光洁的皮肤上闪闪发光，你也会很好看？当你在烂泥路上抱着你那包针线活艰难地走回家时，她的马车从你身边驶过，溅你一身泥水，你难道从来没有对美德的代价感到委屈？独自一人面对你的那杯淡茶时，你难道从来没有感觉到花钱买香槟晚宴、欢乐和赞美的诱惑？哦，是啊，对那些享受过自己的好时光的人来说，为那些疲累的、沾有墨水的、渴望摆弄的小手指准备习字簿并不是什么难事。当我们处在那样的心境中，那些美好的格言听上去就像是道貌岸然的伪善之词，不是么？你也年轻漂亮，戏剧的作者难道认为你从不渴求生活中的美好事物吗？他难道认为给性情乖张的老妇人念小册子对一个生机勃勃的二十几岁的姑娘来说是一件赏心乐事吗？她为什么要拥有所有的爱和所有的笑？多么幸运，那个反面人物，那个邪恶的准男爵，从不在那个瞬间推开农舍的门，是吗，亲爱的？他总是在你强大的时候来，在你觉得你能够斥责他、鄙视他的诱惑的时候来。要是那个反面人物都是在这样的时候来找我们，那么，我们所有人或许都可以成为男主角和女主角。

噢，没错，它只是一出戏，这会儿已经结束了。你们和我，疲倦的小玩偶们，并排躺在这里，等着熟悉我们的下一个角色，我们可以蓦然回首，可以放声大笑。她在哪里？那个邪恶的玩偶，曾在我们小小的舞台上制造出这样一场骚动。哦，你在这儿，夫人。我想你不可能离得太远，他们把我们大家一起扔进了这个角落。可是，你的变化多大啊，小玩偶，你的油漆剥落了，你的金发只剩下一缕。一点也不奇怪，你要扮演的是一个吃力不讨好的角色。你一定厌倦了刺目的强光和华丽的炫耀，甚至希望也已离你远去。你知道，对你如此渴望的安宁，你已经失去了享受的能力。就像童话故事中那个被施了魔法的姑娘，你知道你必须不停地舞蹈，越跳越快，直至四肢麻痹，面无血色，头发灰白，直至死神来把你解救。你唯一的祈祷是他能在你的舞蹈变得滑稽可笑之前到来。

就像玫瑰气味之于沿着灼热的街道叫卖玫瑰的南希，爱情那令人窒息的氛围对于你来说想必也是如此。激情之歌在你听来多么单调乏味，一会儿由年轻人吟唱，一会儿由老年人吟唱，一会儿大声呼喊，一会儿低声哀号，一会儿尖声大叫，但始终是不变的刺耳音调。你是否还记得你什么时候第一次听到它。你曾把它梦想成天堂的晨祷，后来你开始认为它是地狱的舞曲，由一架从魔鬼那里租来的破烂手摇风琴奏响。

玩偶福斯汀娜，对你来说，正如对老贝利法院的某位律师一样，我们必定是一个邪恶的种族。可你只看到了我们的一面。你生活在一个颠倒的世界里，在这里，绿叶和鲜花藏而不露，能见天日的只有树根。你把沾满虫子唾液的纤维想象成植物，一切美丽的事物你都认为是道貌岸然的伪善之词。骑士风度，爱情，荣誉，你嘲笑这些虚假的谎言。你知道真相——你认为你知道：没错，但只是一半的真相。喀耳刻的女儿啊，在你施予的魔法下，我们都成了猪，而你，不知道你的小岛上的秘密，认为那就是我们生来的形状。

一点也不奇怪，玩偶，你那饱经风霜的苍白脸庞，铭刻着愤怒的讥嘲。男主角最终在后座观众的喝彩声中走进了他的庄园，而你被丢在了那里，倒毙于街衢，你还记得，但剧院里的观众已经忘记了早先的那些场景，它们发生在向来邪恶的巴黎。那个全家人的好朋友，那个轻松活泼、老于世故的男人，这出戏的解围之神，他对每个人都那么好，每个人都爱他，你也曾经爱他——但那是在序幕中。在正剧里，他正派体面。（你多么憎恶这个词，对你来说，它意味着你徒然渴望的一切）对他来说，序幕是一段已经过去和死亡的时期，是一种回忆，给他的生活平添了一点滋味。对你来说，它是这出戏的第一幕，给其他几幕定了型。他的罪孽观众已然忘却，而对你的罪孽，他们惊恐地举起双手。一点也不奇怪，嘲笑爬上了你苍白的嘴唇。

别介意，玩偶，那是一群愚蠢的观众。或许，下一次你会演一个更好的角色，到那时，他们会欢呼喝彩，而不是轰你下台。我倾向于认为，你演现代喜剧真是浪费了。你应当出演某部古代悲剧的女主角。品格的力量，勇气，忘我的力量，热情，这些你全都有：缺的是角色。犹滴、布狄卡或圣女贞德，假如你那个时代这样的戏剧已经流行，你可能已经披上她们的斗篷。假如她们在你这个时代粉墨登场，或许她们也只好满足于你那样的角色。她们演不了温顺的女主角，现代戏剧中还有什么别的角色让她们演呢？俄罗斯的叶卡捷琳娜！倘若她是第二帝国时期一个服务生的女儿，我们还会称她为大帝吗？抹大拉的马利亚！要是那时候她租住在罗马的某条小巷子里，而不是在耶路撒冷，我们还会在教堂里提到她的名字吗？

对于这出戏，你知道，玩偶，你是必不可少的。我们不可能全都扮演男主角和女主角。戏里总得有坏人，否则就毫无趣味。想想吧，玩偶，一出戏里如果所有女人都贞德贤淑，所有男人都诚实正直，将会怎样！我们将会让剧院关门大吉，世界将会像牡蛎养殖场一样枯燥乏味。没有你们这些坏人，也就不会有好人。如果不是跟你们的一文不值相比照，我们该如何认识和敬重女主角的价值？要是没有你们的倾听，她又到哪里去发表精彩的演说？要不是抵御你们的诱惑，男主角的力量该从何处体现？要不是你和那位邪恶的准男爵夺走了他的庄园、诬告他犯罪，他到大戏落幕恐怕还是过着游手好闲、平凡普通、并不完整的生活。你们让他陷入贫困，你们让他自己挣钱糊口——这对他来说是再好不过的事情，让他有机会表现出男儿气概。要不是你们在序幕中的行为，第三幕结尾那场让观众激动得又哭又笑的精彩大戏又有什么价值？你和你的帮凶，那位邪恶的准男爵，让这出戏成为可能。要不是对你们的愤慨，要不是目睹了你们的罪恶，后座和楼座的观众怎么能知道他们品德高尚呢？怜悯，同情，激动，一部戏剧的创作离不开所有这些，你们是必不可少的。观众用嘘声轰你们，是他们的忘恩负义。

还有你，小丑先生，画上去的笑靥已经从你苍白的嘴唇上剥落殆尽，如果我记得没错的话，你对自己的角色也深感不满。你想让人哭，而不是笑。这算是一个更高的雄心壮志吗？疲惫不堪的可怜人啊！剧院外面发生了那么多让他们哭泣流泪的事，让他们开心一会儿难道不好吗？你还记得后座前排的那个老妇人吗？当你一屁股坐在那个馅饼上，她是如何开怀大笑。我想，怕是不得不让人把她抬出去。当她经过后台入口回家的时候，我听到她和同伴之间的交谈。“亲爱的，自从可怜的莎莉去世以来，”她说道，眼眶里依然挂着欢乐的泪水，“我再也没有笑过，直到今夜。”仅凭这件事，难道不足以证明你如此痛恨的那些老掉牙的把戏的价值吗？是的，你引我们发笑的那些滑稽举动陈腐而老套，而那些让我们哭泣落泪的滑稽举动不也是陈腐而老套么？自剧院开张以来上演的所有戏剧不都是一个模式么？不都是情节陈腐、场景老套么？男主角，反面角色，愤世嫉俗者——他们的角色难道就新鲜很多吗？爱情二重唱，它们真的很新吗？临终时的场景，你能说它们不老套吗？

仇恨、愤怒和冤屈——他们的声音对剧院来说就很新吗？人们啊，你们在等待什么？是一部情节新奇、人物此前从未粉墨登场的新戏吗？或许，要等到你们以新的眼泪和新的笑声为它做好准备之后，它才会为你们做好准备。

你，小丑先生，你才是真正的哲学家。当冲突变得有点紧张时，你把我们从忘却现实中拯救了出来。我们大家都为你回答男主角时的插科打诨鼓掌喝彩，当时，他正悲叹自己的命苦，质问苍天，这样的厄运他还要承受多久。“得了吧，不可能有太多时间给你留着，”你回答他说，“这会儿快九点了，演出十点结束。”你所言不虚，大幕在预定时间落下，他的烦恼已成过去。你让我们看到面具后面的真相。当派头十足的浅薄勋爵身穿貂皮、头戴假发，走到一群溜须拍马之徒当中，正要坐下时，你突然从他身下抽走了椅子，他扑通一声摔倒在地板上。他的长袍敞开了，他的假发飞走了。他不再让我们敬畏。他那装模作样的威严从他身上脱落了，我们看到他是一个眼神呆笨的秃头小个子，他再也骗不了我们。只有你这样的蠢人，才是真正的智者。

你的角色才是这出戏里最好的角色，小丑兄弟，只是你和观众都不知道这一点。可你却梦想着一个引人注目的角色，你以这个角色恋爱和战斗。我时不时地听到——当时你并不知道我在旁边——你手拿宝剑对着穿衣镜大喊大叫。你把自己的杂色彩衣扔到一旁，穿上一件肮脏的红色外套，你成了戏里的男主角，你行侠仗义，你慷慨陈词。我很想知道，如果我们大家都自己写自己的角色，那部戏将会是个什么样子。不会有丑角，也没有唱歌的女仆。我们全都在舞台的中央演主角，聚光灯完全集中在我们自己身上。难道不会这样吗？

我们在自己的化妆室里专门为自己写的这些人物，他们是多么堂皇显赫的角色啊。我们始终勇敢而高贵——有时候有点坏，但即便是坏，也是以一种伟大而高贵的方式，决不是以卑劣而渺小的方式。我们的所作所为多么令人惊叹，观众们一边观看，一边啧啧称奇。一会儿我们是军人，率领部队走向胜利。要是我们战死沙场呢？那将是胜利的时刻，山河失色，举国同悲。我们决不会在某场被人遗忘的小规模战斗中倒下，决不会为了所谓的“前哨事件”而奉献我们的鲜血，以至于发回国内的战报都不会提到我们的名字。一会儿我们是热情洋溢的恋人，愿意为爱情而失去整个世界——在令人不齿的离婚案中成为招人嘲笑的共同被告则完全是另一回事。

我们演出时剧场总是水泄不通。我们的精彩演说总是引起共鸣，我们的英勇行为总是引来关注和喝彩。实际演出完全是两码事。我们经常对着空荡荡的座椅扮演我们的角色，就算稀稀拉拉地有几个观众，他们也一头雾水，看到凄惨的场景哈哈大笑。当我们最好的机会来临，王室包厢里原本应当有他或她到场观看我们的演出，如今却空空如也。

可怜的小玩偶们！我们对待自己多么严肃认真，不知道那个在我们胸膛里搅动的弹簧不过是发条齿轮装置，看不见那些牵动我们跳舞的丝线！可怜的小牵线木偶们！当剧场的灯光熄灭，不知道我们能不能一起说说话？

我们是有心脏的蜡制小玩偶。我们是有灵魂的小锡兵。啊，有很多玩具的国王，你仅仅是在玩弄我们吗？我们的体内仅仅是发条齿轮装置吗，难道是这个东西在跳动和疼痛？你给我们上紧发条难道只是为了让我们停摆？你明天会不会再次给我们上紧发条，还是要把我们丢在这里生锈？我们作出响应并为之颤抖的难道只是发条齿轮装置？我们一会儿笑，一会儿哭，一会儿舞蹈；我们的小手臂伸出去互相拥抱，我们的小嘴唇互相亲吻，然后说再见。我们努力，我们使劲，我们挣扎。我们的手一会儿伸向黄金，一会儿伸向桂冠。我们称之为欲望和雄心：它们难道只是你拨弄的丝线么？你会不会把那个发条齿轮装置扔到一旁，还是会再次使用它，噢，主人？

剧场的灯光骤然变暗。那个让我们的眼睛保持睁开着的弹簧裂了。那些支撑我们直立起来的丝线断了，我们茫然无助，在舞台上瘫成一堆。啊，跟我们一起表演的玩偶兄弟姐妹们，你们在哪儿？为什么如此黑暗而寂静？为什么要把我们装进这个黑盒子里？听啊！那个小玩偶管弦乐队——那音乐听上去多么遥远——他们在演奏什么？①

① 下面这段乐谱选自法国作曲家夏尔·古诺的《一个牵线木偶的葬礼进行曲》。——译者注